W0184604

DIESES BUCH GEHÖRT:

Die drei ???

Die drei ???

Erbe des Drachen

erzählt von André Marx

KOSMOS

Umschlaggestaltung von Agentur Guter Punkt, München, unter Verwendung des originalen Filmplakats von Sony Pictures.
Basierend auf dem Kinofilm „Die drei ??? – Erbe des Drachen“

Unser gesamtes lieferbares Programm und viele weitere Informationen zu unseren Büchern, Spielen, Experimentierkästen, Aktivitäten, Autorinnen und Autoren findest du unter **kosmos.de**

MIX
Papier aus verantwortungsvollen Quellen
FSC® C043106
FSC www.fsc.org

Gedruckt auf chlorfrei gebleichtem Papier.

Based on characters by Robert Arthur.

ISBN 978-3-440-17583-5
Redaktion und Lektorat: Anne Pagel
Satz: DOPPELPUNKT, Stuttgart
Produktion: Verena Schmynec
Druck und Bindung: Grafisches Centrum Cuno, Calbe
Printed in Germany / Imprimé en Allemagne

Die drei ???

Erbe des Drachen

Die drei Detektive

»Liebe Rockies, schnallt euch an! Uns steht ein Rekordsommer bevor. Einen besseren Start in die Ferien hätte sich keiner wünschen können. Ich bin DJ Wolfman für Radio Rocky Beach.«

In dem Moment, in dem der *Two Door Cinema Club* anfangen wollten zu singen, schaltete Justus Jonas das Autoradio aus. Sie waren am Ziel. Der rostige Pick-up seines Onkels hielt vor dem Haus am Stadtrand, wo heute eine Haushaltsauflösung stattfand. Titus Jonas war Trödelhändler und fuhr regelmäßig zu solchen Garagenverkäufen, um Schnäppchen für seinen Schrottplatz zu ergattern. Oder besser gesagt: für sein Gebrauchtwarencenter. Es war sein Neffe gewesen, der diese Bezeichnung vorgeschlagen hatte.

Justus lebte bei seinem Onkel und seiner Tante Mathilda, seit seine Eltern vor vielen Jahren verunglückt waren. Onkel Titus nahm ihn hin und wieder mit zu Einkaufstouren, damit es beim Auf- und Abladen schneller ging. Doch das war nicht der einzige Grund. Justus hatte sich auch als besonders ge-

schickt erwiesen, wenn es ums Verhandeln ging. Oder darum, Betrüger zu entlarven.

Die Garage und deren Einfahrt waren voller Haushaltswaren, Möbel und Trödelsachen. Ein paar Kaufinteressierte schlenderten umher und begutachteten die angebotene Ware. Onkel Titus versuchte, alles gleichzeitig zu erfassen. Seine Augen begannen zu leuchten, als er zwischen einem alten Rasenmäher und einem aufgerollten Teppich ein hohes, schmales Tongefäß entdeckte.

»Ah, Sie interessieren sich für die Amphore?« Ein junger Mann trat auf die beiden zu, während er ein paar Dollarscheine zählte. »Ein ganz besonders Stück. Es handelt sich um ein spätrömisches Unikat.«

Justus hob eine Augenbraue, schwieg aber zunächst.

»Spätrömisch, sagen Sie?«, fragte Onkel Titus.

»Eine echte Antiquität. Tausend Dollar und es ist Ihre. Eigentlich gehört die Amphore in ein Museum.«

»Die Vase«, sagte Justus.

Der Verkäufer schaute lächelnd auf ihn herab. »Verzeihung?«

»In einer Amphore wurden in der Antike Wein oder Öl gelagert. Die *amphora* wurde außerdem eine wichtige Maßeinheit. Amphoren zeichnen sich unter anderem dadurch aus, dass man sie nicht aufrecht hinstellen kann, da sie unten spitz zulaufen. Anders als dieses Stück. Das hier ist eine Vase.«

»Oho, ein Experte.«

»Lediglich ein aufmerksamer Beobachter.« Justus nahm die Vase in die Hand und drehte sie um. Auf dem Boden war eine kaum mehr sichtbare Gravur zu erkennen. Er sah genauer hin. »*Romae factum*.«

»Wie bitte?«

»Da steht *Romae factum*. Was so viel wie *hergestellt in Rom* bedeutet. Hast du immer noch Interesse, Onkel Titus?«

Titus Jonas war verunsichert. »Nun ja, eigentlich schon. Aber wenn sie gar nicht antik ist …«

»Natürlich ist sie das«, widersprach der Verkäufer verärgert.

»Das Angebot der Firma Jonas beläuft sich auf fünfzig Dollar«, sagte Justus.

»Na gut, Kleiner. Du hattest deinen Spaß. Da vorne liegen ein paar Bauklötze. Spiel damit.«

Einige Schnäppchenjäger wurden aufmerksam und schauten zu ihnen herüber.

Justus wurde mutiger. »Na schön. Sagen wir, vierzig Dollar.«

Nun wurde der Mann ernsthaft wütend. »Sagen Sie dem Kleinen, er soll seine Späße woanders treiben. Hier werden Geschäfte gemacht.«

Onkel Titus nickte. »Die Frage ist nur, was für welche.«

»Offensichtlich hat dieser Mann ein nicht zu unterschätzendes Potenzial an krimineller Energie«, sagte Justus und tat so, als würde er vertraulich mit seinem Onkel reden. Doch in Wahrheit sprach er ziemlich laut und sorgte dafür, dass alle Umstehenden es mitbekamen. »Eine verwitterte Vase aus einem italienischen Gartencenter als echte Antiquität verkaufen zu wollen, ist streng genommen ein Betrugsversuch.« Das letzte Wort sprach er extra laut und deutlich aus.

Der Verkäufer riss alarmiert die Augen auf und gestikulierte wild, damit Justus aufhörte zu reden. »Nicht doch!«, zischte er.

Justus lächelte zufrieden. »Ich nehme an, das bedeutet, Sie sind bereit zu verhandeln.« Sein Lächeln wurde breiter. »Sagen wir, dreißig?«

Die Luft flirrte über der Tartanbahn. Peter Shaw wartete konzentriert in seinem Startblock.

Die Stimme seines Trainers hallte über den Sportplatz.

»Auf die Plätze ...«

Peter schaute ein letztes Mal zur Zuschauertribüne. Das Rennen war gut besucht. Viele seiner Mitschüler waren da und auch viele Eltern. Sein Vater allerdings nicht. Obwohl er es versprochen hatte. Wieder einmal.

»Fertig ...«

Verärgert schüttelte Peter den Gedanken ab. Er war in einem Wettkampf und musste sich konzentrieren. Er musste –

Ein Schuss zerriss die Luft. Peter verpasste den perfekten Start und sah seine Kontrahenten links und rechts an sich vorbeiziehen. Aber das war noch kein Drama. Er hatte lange Beine. Er holte auf.

Die erste Hürde nahm er elegant. Die zweite ebenfalls. Er ließ Dawson und Philip hinter sich. Nur Jeffrey war noch vor ihm. Die dritte Hürde. Die vierte. Jeffrey und Peter lagen gleichauf. Peter überholte ihn. Da vorn war schon die Ziellinie.

Bei der letzten Hürde blieb Jeffrey hängen. Er stürzte schwer.

Peter war so erschrocken, dass er sich zu Jeffrey umdrehte und dabei langsamer wurde. Dawson zog an Peter vorbei und rannte als Erster durchs Ziel.

Da war das Rennen auch schon vorbei. Applaus brandete auf. Peter war mit einer halben Sekunde Rückstand Zweiter geworden.

»Alles in Ordnung?«, fragte er und half Jeffrey auf.

»Ja, nichts passiert.« Jeffrey klopfte sich den roten Staub von den Beinen. »Blöde Hürde.«

»Es ist nun mal ein Hürdenlauf.«

Ihr Trainer kam vorbei und erkundigte sich nach Jeffrey. »Nichts gebrochen? Gut.« Er klopfte ihm auf die Schulter. »Du weißt ja, wie's läuft. Der Letzte räumt auf.« Er drehte sich zu seinen Schülern um. »Den anderen schon mal schöne Ferien!«

Peter ging zu seinen Sachen, die am Rand der Laufbahn lagen. Er hatte eine Nachricht von seinem Dad auf dem Handy.

»Hey, Peter, ich schaff's heute leider nicht. Ich komme hier einfach nicht weg. Tut mir wirklich leid. Ich mach's wieder gut, versprochen. Viel Erfolg.«

Das war mal wieder typisch. Frustriert warf Peter das Handy zurück in die Tasche und schaute hinauf zur Tribüne. Dort hatten die meisten Eltern ihre Kinder inzwischen in Empfang genommen. Peter sah Jeffreys Vater, der geduldig auf seinen Sohn wartete. Peter ging zu Jeffrey, der gerade dabei war, eine Hürde wegzutragen. Er nahm sie ihm aus der Hand. »Ich mach das schon.«

Jeffrey sah ihn verwundert an. »Wirklich?«

»Klar. Dein Dad wartet auf dich. Schöne Ferien!«

»Dir auch. Du fliegst mit deinem Vater nach Europa, stimmt's? Zu Dreharbeiten für einen Kinofilm? Total cool!«

»Ja«, sagte Peter ohne jede Begeisterung. »Total cool.«

Die Stadtbibliothek von Rocky Beach war menschenleer. Staub tanzte im Sonnenlicht, das schräg durch die Fenster fiel. Bob Andrews saß ganz allein an einem der Arbeitstische, auf dem er stapelweise Bücher über Rumänien ausgebreitet hatte, und las.

Für die große Reise wollte er gut vorbereitet sein. Außerdem musste er sich entscheiden, welches der vielen Bücher er mitnahm. Für mehr als eines war in seinem Handgepäck kein Platz mehr. Aber er kam überhaupt nicht dazu, in die anderen Bücher zu schauen, weil er sich in *Transsilvanien: Fakten und Legenden* von Luciana Ionescu festgelesen hatte. Es war faszinierend!

Ein Schatten fiel auf den Tisch. Überrascht hob Bob den Kopf.

Die Bibliothekarin Miss Bennett stand lächelnd vor ihm. Seine Chefin gewissermaßen, denn Bob half manchmal in der Bibliothek aus.

»Solltest du nicht schon längst zu Hause sein und deinen Koffer packen für deinen Sommertrip?«

»Der ist schon längst gepackt.« Bob schaute auf die Uhr. »Verflixt, ich muss aber trotzdem los. Ich bin mit Peter und Justus auf dem Schrottplatz verabredet.« Er schlug das Buch zu. »Das nehme ich mit.«

Miss Bennett nickte. »Und das hier ebenfalls.« Sie drückte ihm ein kleines Päckchen in die Hand.

Neugierig öffnete Bob das Geschenk. Es war eine kleine, etwas abgenutzte Action-Cam, eine robuste Kamera, mit der man sogar unter Wasser filmen konnte.

»Eine kleine Aufmerksamkeit für die fleißigste Aushilfskraft, die ich je hatte.«

Bob staunte. »Aber Miss Bennett, die war doch bestimmt viel zu teuer.«

Sie zwinkerte ihm zu. »Die hat vor Jahren jemand hier vergessen und nie wieder abgeholt.«

Bob umarmte die Bibliothekarin. »Sie sind die Beste, Miss Bennett!«

Er schnappte sich seinen Rucksack. »Ich muss jetzt leider wirklich los.«

Er war schon fast beim Ausgang, da fiel Miss Bennett noch etwas ein. »Augenblick noch, Bob.« Sie reichte ihm eine zusammengefaltete Zeitung, die auf dem Tresen der Ausleihe gelegen hatte. »Da ist ein Artikel drin, der dich interessieren dürfte. Viel Spaß!«

»Danke. Schöne Ferien. Vermissen Sie mich nicht zu sehr!«

Bob schlug die Zeitung gleich am Fahrradständer auf. Sofort fand er den Artikel, den Miss Bennett gemeint haben musste. Jetzt hatte er einen weiteren Grund, schnellstens zum Schrottplatz zu radeln. Davon musste er Peter und Justus unbedingt berichten!

Ein Schrei in der Nacht

Zehn Minuten später rollte Bob mit seinem Rad durch die Hofeinfahrt des Gebrauchtwarencenters T. Jonas, winkte Justus' Tante zu, die gerade mit einem Kunden verhandelte, und steuerte auf einen Berg aus Schrott und Altmetall zu, der sich in einer hinteren Ecke des Geländes auftürmte. Inmitten dieses Bergs stand ein alter Kühlschrank, der niemandem weiter aufgefallen wäre. Lediglich ein aufmerksamer Beobachter hätte bemerkt, dass auf dem Griff der Kühlschranktür kein Staub lag.

Bob zog die Tür auf und kletterte in den Kühlschrank hinein. Die hintere Wand ließ sich aufklappen. Daran schloss sich ein kurzer Wellblechtunnel an, der in einen alten Campinganhänger mündete – ihre Detektivzentrale. Der ausrangierte Anhänger stand schon seit Jahren auf dem Schrottplatz. Irgendwann hatte Justus ihn seinem Onkel abgeschwatzt. Seitdem durften die drei Jungen ihn benutzen. Als Gegenleistung packten sie regelmäßig auf dem Schrottplatz mit an.

Bob betrat die Zentrale. Hier hatten sie alles, was sie brauchten: einen Telefon- und Internetanschluss, eine kleine Küche,

Regale voller Akten und Nachschlagewerke und ein paar zerschlissene Sessel vom Schrottplatz.

Die anderen waren schon da. Peter lümmelte in seinem Lieblingssessel, während Justus in ihrer Detektivausrüstung kramte.

»Wir haben es in die *L.A. Post* geschafft«, verkündete Bob die Neuigkeiten und faltete die Zeitung auseinander. »Also, nicht wir. Aber der Film. Seht mal, eine halbe Seite. Dein Dad wird auch erwähnt, Peter. Hier steht: Regisseurin Annabeth Parker interpretiert Klassiker neu. Die renommierte Regisseurin Annabeth Parker nimmt sich einmal mehr einer bereits vielfach durch die Filmgeschichte gewandelten Figur an: Graf Dracula. Unter dem Titel *Dracula Rises* wird die Neuinterpretation des klassischen Gruselstoffs an Originalschauplätzen in Transsilvanien gedreht. In der Titelrolle darf ein Mann zurückkehren, der bereits vor dreißig Jahren dem berühmtesten Vampir der Filmgeschichte Leben eingehaucht hat: Steven Yates. Die Riege der Schauspieler wird erweitert durch die als Scream Queen bekannt gewordene Betty Rider. Nicht nur die Wahl des Drehorts in Rumänien, sondern auch der Verzicht auf computergenerierte Bilder soll den Film von der derzeitigen Hollywood-Massenware abheben, so Parker. Die klassischen Spezialeffekte werden von Henry Shaw und dessen in Rocky Beach ansässiger Firma *Wonderland* übernommen.« Bob ließ die Zeitung sinken. Er strahlte. »Das wird total cool.«

»Die drei ??? in Rumänien«, sagte Justus und ging zu einer großen Weltkarte, die an der Wand hing. Er suchte das kleine europäische Land und drückte einen roten Pin hinein. Er war ziemlich weit vom blauen Pin, der Rocky Beach markierte, entfernt.

»Was denn nun eigentlich, Rumänien oder Transsilvanien?«, fragte Peter. »Gibt es da einen Unterschied oder ist das ein und dasselbe?«

»Transsilvanien ist ein Teil von Rumänien und grenzt an andere rumänische Regionen wie zum Beispiel die Walachei oder die Karpaten«, erklärte Bob. »Wir fliegen also nach Transsilvanien *in* Rumänien.«

»Karpaten«, murmelte Peter.

»Das wird sicherlich eine spannende und lehrreiche Reise«, meinte Justus. »Und da es morgen losgeht, sollten wir mit dem Packen beginnen.«

»Also, ich bin schon fertig«, verkündete Bob. »Mein Koffer

steht zu Hause neben meinem Bett. Von mir aus kann's losgehen.«

»Ich rede nicht von Zahnbürsten und Unterhosen.« Justus stellte eine zerschlissene Sporttasche auf den Boden und legte das Set mit dem Fingerabdruckpulver und ein Fernglas hinein. »Wir sollten für alle Fälle gewappnet sein.«

Peter hob zweifelnd eine Augenbraue. »Was sollen wir denn damit? Wir machen ein Praktikum bei meinem Dad. Da gibt es keinen Fall.«

»Deswegen ja für alle Fälle. Man weiß nie, in welche unerwarteten Situationen man gerät. Die Aufgabe eines Detektivs ist es, jederzeit einsatzbereit zu sein.«

»Ach ja?« Peters Augenbraue blieb oben.

Justus nahm ihre alte Kamera aus einer Schublade, um sie in die Tasche zu legen, doch Bob hielt ihn zurück. »Ich glaube, es wird Zeit für ein Upgrade.« Er kramte die Action-Cam von Miss Bennett aus seinem Rucksack und legte sie in die Tasche.

Justus nickte anerkennend und schaute auffordernd zum Zweiten Detektiv.

Peter verdrehte die Augen und kramte in seinen Hosentaschen. Er fand eine Packung Streichhölzer mit Werbeaufdruck der Firma *Wonderland*. Betont desinteressiert warf er sie in die Tasche. »Zufrieden?«

Das war der Erste Detektiv augenscheinlich nicht, aber bevor er etwas erwidern konnte, rief von draußen seine Tante nach ihm.

»Juuustuuus!«

»Oje, deine Tante Mathilda …«, sagte Peter.

Der Erste Detektiv seufzte. »Sie will mich bestimmt noch mal daran erinnern, dass ich ihr unbedingt ein Autogramm von Steven Yates mitbringen soll.«

»Dem Dracula-Darsteller?«, fragte Bob.

Justus nickte. »Damit geht sie mir schon seit Tagen auf die Nerven. Sie ist ein Riesenfan. Seit sie weiß, dass wir Yates begegnen werden, guckt sie alle seine alten Gruselfilme noch mal.«

»Dann verschwinden wir mal besser«, meinte Peter. »Wir treffen uns morgen früh bei *Wonderland*.«

»Bis dann!« Bob winkte und gemeinsam verließen sie die Zentrale.

Bob und Peter fuhren noch ein kleines Stück zusammen mit dem Rad, bevor Peter in Richtung des kleinen Gewerbegebiets von Rocky Beach abbog. Es war Abend geworden. Er wollte seinen Vater abholen, der bestimmt noch in der Werkstatthalle von *Wonderland* einige letzte Vorbereitungen für die Reise traf.

Die Tür zur Halle war nur angelehnt. Drinnen beleuchtete eine einzelne Neonröhre das Labyrinth aus Filmrequisiten, das sich im Laufe der Jahre angesammelt hatte: täuschend echt aussehende Fackelhalter, Armbrüste und Morgensterne aus dem letzten Historienfilm, Raumschiffe und Laserkanonen, Tierköpfe, abgetrennte Körperteile und in einer Ecke stand ein Sarg.

Mr Shaws Mitarbeiter hatten schon Feierabend oder waren bereits vor ein paar Tagen nach Rumänien aufgebrochen. In der Halle war niemand mehr. Doch im Büro auf der zweiten Ebene, die man über eine Stahltreppe erreichte, brannte noch Licht. Hinter der geriffelten Scheibe sah Peter schemenhaft eine Gestalt, die sich über einen Laptop beugte. Er hörte leises Gemurmel. Anscheinend führte jemand ein Videogespräch.

Plötzlich hallte ein Schrei aus dem Büro.

Erschrocken eilte Peter die Stahltreppe empor. Die Bürotür war nur angelehnt. Dahinter saß sein Vater, der über einen Laptop mit Hank sprach, einem seiner Mitarbeiter.

»Hank?«, rief sein Vater. »Was war das? Wer hat da geschrien? Ist alles in Ordnung bei dir?«

»Ich w-- ni--. Ich schau mal -ach«, drang Hanks abgehackte Stimme aus den Lautsprechern. Das Bild war verpixelt und ruckelig.

»Hank? Ich verstehe dich kaum. Die Verbindung ist eine Katastrophe. Du brichst ständig ab.«

»Der Empf-ng auf dem --oss ist n-cht g-t.« Hank schien mit seinem Handy oder seinem Laptop umherzulaufen. Peter erkannte schemenhaft dunkle Korridore und Wände aus Stein. Ein weiterer verzerrter Schrei erklang. Dann kam eine Frau ins Bild gerannt. Sie trug die Haare zu zwei Zöpfen gebunden, die sie wie eine Krone um ihren Kopf gewickelt hatte. Ihr Gesicht war voller Angst, als sie in einer fremden Sprache auf Hank einredete.

»Wa- ist passie-? Verz--ung? Tut mir --d, ich spr--e k-n R--nisch.«

»Vlad!«, sagte die Frau und deutete in den dunklen Gang hinein. »V-d! -lad!«

Beim Versuch, mehr zu verstehen, lehnte Peter sich zu stark gegen die Tür. Sie schwang auf und er stolperte ins Büro.

Mr Shaw zuckte zusammen. »Peter? Was machst du denn hier? Hank, ich muss Schluss machen. Du hast alles unter

Kontrolle, oder? Wenn noch etwas fehlt, das wir morgen unbedingt mitbringen sollen, dann schreib mir eine Nachricht, hörst du?«

»Ha- v-rstand-«, sagte Hank und reckte zur Sicherheit den Daumen in die Kamera. Dann brach die Verbindung ab.

»Hey, Peter. Da bist du ja. Tut mir leid wegen des Wettkampfs heute. Ich wollte wirklich kommen, aber es war –«

»Viel los«, sagte Peter nickend.

»Wie ist es denn gelaufen?«

»Zweiter«, sagte Peter. »Nur Dawson war schneller.«

»Das ist doch hervorragend!«, rief Mr Shaw übertrieben freudig.

Peter winkte ab. Er hasste es, wenn sein Vater so verzweifelt versuchte, etwas wiedergutzumachen.

»Nächstes Mal komme ich ganz bestimmt.«

»Schon gut.« Peter zeigte auf den Laptop. »Was war denn da gerade los?«

»Hast du etwa gelauscht?«

»Ich habe nur mitbekommen, dass jemand geschrien hat.«

»Irgendwelcher Ärger auf dem Schloss«, sagte sein Vater und bedachte ihn mit einem prüfenden Blick, während er den Laptop zuklappte. »Bist du etwa schon wieder im Detektivmodus? Ich habe mich sehr dafür eingesetzt, dass ihr drei mich für ein Praktikum zu den Dreharbeiten begleiten dürft. Da kann ich keine Kinder gebrauchen, die Detektiv spielen. Ich kann mich doch auf euch verlassen, oder?«

»Klar, Dad«, sagte Peter und fragte sich im Stillen, ob er sich eigentlich auch auf seinen Vater verlassen konnte.

»Hey, der zweite Platz ist doch gar nicht schlecht«, sagte Mr Shaw, als hätte er Peters Gedanken gelesen, und wuschelte ihm durchs Haar.

Genervt zog Peter seinen Kopf weg. »Es war keine große Sache, Dad, bloß ein blödes Rennen. Ich warte unten auf dich.« Er ließ seinen Vater stehen und verließ das Büro.

Der Sohn des Drachen

Am nächsten Vormittag trafen sich die drei Detektive wie verabredet vor der *Wonderland*-Halle. Peter brannte darauf, seinen Freunden zu erzählen, was am Abend zuvor geschehen war, aber zunächst mussten sie Mr Shaw helfen, einige letzte Kisten mit Equipment, das für die Dreharbeiten benötigt wurde, in seinen Lieferwagen zu verfrachten. Ursprünglich hatten Bobs Eltern sowie Tante Mathilda und Onkel Titus die drei bis zum Flughafen begleiten wollen. Doch Bob und Justus war es gelungen, das zu verhindern, damit es nicht zu peinlichen Abschiedsszenen kam.

Sie waren gerade ins Auto gestiegen, da klingelte Mr Shaws Handy. »Hallo, Annabeth. Wir sind so gut wie auf dem Weg. Wie bitte? Nein, noch nicht.« Mr Shaw stieg wieder aus, während er mit der Regisseurin telefonierte.

Peter ergriff die Gelegenheit. »Ihr kennt doch Hank, den Assistenten meines Vaters?«, fragte er mit gesenkter Stimme. »Hank ist schon in Rumänien auf Schloss Dingsbums.«

»Piatră«, sagte Bob.

»Meine ich ja. Jedenfalls haben die beiden gestern einen Videocall gehabt und ich bekam zufällig mit, wie im Hintergrund plötzlich eine Frau schrie.«

»Was für eine Frau?«, hakte Justus nach.

»Keine Ahnung. Eine Rumänin anscheinend. Hank ist nämlich zu ihr und wollte wissen, was los ist. Sie hat auf Rumänisch geantwortet. Ich habe nur ein Wort verstanden, weil sie es immer wiederholt hat: Vlad.«

Justus wurde hellhörig. »Etwa Vlad Drăculea?«

»Dracula?«, fragte Peter erschrocken.

Bob schüttelte den Kopf. »Vlad Drăcu*lea*. Der Woiwode.«

»Der was?«

»Woiwode. Ein rumänischer Feldherr. Erzähl mir nicht, dass du das Drehbuch immer noch nicht gelesen hast.«

»Welches Drehbuch?«

»Das Drehbuch für den Film, zu dessen Dreharbeiten wir gleich aufbrechen«, belehrte ihn Bob. »Der ganze Film handelt von dem Typen.«

»Ich denke, der Film handelt von Dracula.«

Bob seufzte. »Ja und nein. Vlad Drăculea war eine reale Person, die im 15. Jahrhundert in Transsilvanien gelebt hat. Das habe ich alles in diesem Buch hier nachgelesen. Heute kennt man Vlad vor allem deshalb, weil er das Vorbild für eine berühmte literarische Figur wurde, nämlich Graf Dracula.«

»Also doch.«

»Graf Dracula, der Vampir, ist eine reine Fantasiegestalt«, klärte Justus ihn auf. »Der britische Autor Bram Stoker hat ihn erfunden. Aber er wurde inspiriert von Vlad Drăculea, den es

wirklich gegeben hat und dem man nachsagt, er sei sehr blutrünstig gewesen.«

»Drăculea bedeutet *Sohn des Drachen*«, fügte Bob hinzu.

Peter hatte eine Reihe von Fragen und war sich gleichzeitig nicht sicher, ob er sie wirklich stellen wollte. Die Entscheidung wurde ihm abgenommen, denn in diesem Moment kam sein Vater zurück und wedelte mit der Hand.

»Gut, wir fahren los, Jungs, sonst verpassen wir noch unseren Flieger!«

Am Flughafen von Los Angeles herrschte ein großes Durcheinander. Mr Shaw war ewig damit beschäftigt, die vielen Kisten als Extragepäck aufzugeben. Das gab den drei ??? Gelegenheit, ihr Gespräch fortzusetzen.

»Wieso denn Sohn des Drachen?«, fragte Peter, während sie sich im überfüllten Wartebereich einen Sitzplatz suchten.

»Sein Vater, Vlad Dracul, hieß bereits *der Drache*. Er gehörte dem sogenannten Drachenorden an, daher der Name. Diese Bruderschaft kämpfte damals für die Verbreitung des Christentums. Auch Vlad Drăculea war Mitglied des Drachenordens. Er kämpfte gegen die Osmanen und kannte keine Gnade. Wegen seiner Grausamkeit wurde Vlad schnell berühmt. Und berüchtigt. Man nannte ihn auch Vlad, den Pfähler. Ihr könnt euch ja denken, warum.«

Peter fragte lieber nicht nach. Während sich vor seinem geistigen Auge blutrünstige Szenen aus dem Mittelalter abspielten, holte Bob das Buch wieder aus seinem Handgepäck und schlug es bei einem Lesezeichen auf.

»Das ist er«, sagte Bob und zeigte die Abbildung eines alten Schlachtengemäldes herum, auf dem Vlad als glorreicher Heerführer auf einem Pferd dargestellt war.

Sein Blick hatte etwas Stechendes und Wahnhaftes.

»Reizend«, fand Peter. »Und was hat der Typ mit Schloss Dingsbums zu tun?«

»Piatră. Nach einer grausamen Schlacht gegen die Osmanen war Vlad auf dem Weg zurück in seine Heimat. Auf der Reise machte er Rast auf dem Schloss Piatră. Dort begegnete er Elisabeta, der Tochter des Schlossherrn, und verliebte sich in sie.«

»Die Arme.«

»Er musste bald weiterziehen, doch er schwor ihr seine Treue und versprach, zu ihr zurückzukehren, sobald er den Krieg gewonnen hatte. Sie trafen sich fortan heimlich an einem geheimen Ort. Bis er eines Tages nicht mehr wiederkam. Er war in einer Schlacht getötet worden. Der Legende nach hielt Vlad aber trotzdem sein Versprechen. Er kehrte zurück. Bis heute.«

»Als Untoter?«, fragte Peter erschrocken.

»Irgendwie muss Bram Stoker ja auf seine Vampir-Idee gekommen sein«, sagte Justus gelassen.

Peter schüttelte fassungslos den Kopf. »Wie kannst du nur immer so abgeklärt sein, Justus?«

»Es sind Legenden, Zweiter«, erinnerte Justus ihn. »Mit anderen Worten: Märchen. Und damit nichts, wovor man Angst zu haben braucht.«

»Und wenn doch?«, murmelte Peter kaum hörbar, doch da kam sein Vater zu ihnen zurück.

»Das Gepäck ist endlich aufgegeben. Auf geht's.«

Ein echtes Schloss

Der Flug dauerte fünfzehn Stunden. Die drei ??? vertrieben sich die lange Zeit mit Spielen, Filmen, Büchern und dem einen oder anderen Nickerchen. Trotzdem waren sie erschöpft, als sie endlich in Bukarest landeten. Dort wurden sie von einem Wagen der Produktion abgeholt und legten zwei weitere Stunden Fahrt zurück. Es ging durch kleine Städtchen und Dörfer, die mit ihren Kopfsteinpflastern und alten Gemäuern auf die Jungen wirkten wie aus einer anderen Zeit. Transsilvanien war bergig und dicht bewaldet. Das üppige Dunkelgrün kroch nahe an den Asphalt heran. Immer wieder schwang sich die schmale Bergstraße in Serpentinen steile Hänge hinauf, an denen Wolkenfetzen festhingen. Die Sonne ließ sich nicht blicken. Sie sahen Rehe und Spuren von Wildschweinen am Wegesrand. Das ganze Land schien wie einem düsteren Märchenbuch entsprungen.

Als sie ihr Ziel erreichten, war der Himmel immer noch wolkenverhangen und es dämmerte bereits. Schloss Piatră lag einsam auf einem Berg, ringsherum breiteten sich dunkle Wälder aus. An die hinteren Schlossmauern grenzte ein Bergsee.

»Geschafft«, stöhnte Bob, als er aus dem Wagen kletterte. Er schaute an dem jahrhundertealten Gemäuer empor zu grauen Türmen, die in den Himmel ragten. Es gab Erker und Schießscharten und eine hohe, bröckelige Ringmauer, die die Hälfte der Burg umschloss. Sie war von einem breiten und tiefen Graben umgeben, über den eine Brücke führte. »Ganz schön groß, der Kasten.«

»Ein echtes Schloss«, staunte Peter. »Wie im Film.«

»Lediglich dieser Anblick zerstört ein wenig die Illusion«, meinte Justus und zeigte auf die zig weißen Lieferwagen, die vor der Brücke geparkt waren. Dutzende Leute waren dabei, die große Aluminiumkisten mit der Filmausrüstung ins Schloss zu schleppen.

»Müssen wir da etwa mit anpacken?«, fragte Bob besorgt.

»Ich fühle mich nämlich, als wäre ich einen Marathon gelaufen.«

»Was daran liegen dürfte, dass wir gerade 6.578 Meilen zurückgelegt und zehn Zeitzonen durchflogen haben.«

»Bist du sicher, dass es nicht 6.579 Meilen waren?«, fragte Peter spöttisch.

»In Rocky Beach ist es jetzt fünf Uhr dreiundfünfzig«, fuhr Justus unbeeindruckt fort. »Eigentlich würden wir noch tief und fest schlafen.«

»Ich hätte nichts dagegen«, murmelte Bob und gähnte herzhaft.

»Ich schon«, widersprach Peter. »Nach schlafen ist mir gerade gar nicht zumute. Auf der Fahrt hierher hatte ich die Hoffnung, dass Schloss Dingsbums –«

»Piatră.«

»– vielleicht gar nicht so unheimlich aussehen würde. Tut es aber doch. Wenn ich daran denke, dass dieser Vlad hier herumspukt …«

»Er liegt seit fast sechshundert Jahren unter der Erde«, stellte Bob noch einmal klar.

»Oder eben auch nicht.«

Sie überquerten die Brücke zum Schloss. Justus hatte keine Angst vor Vampiren oder herumspukenden Feldherren. Als er sich jedoch der Brückenbrüstung näherte und hinabsah, spürte er fast augenblicklich den Sog, den die Tiefe auf ihn ausübte. Schon seit seiner Kindheit litt er unter Höhenangst. Obwohl ihm klar war, dass er sich nicht in Gefahr befand, war er gegen die Angst machtlos. Wann immer er aus großer

Höhe nach unten schaute, fühlte es sich an, als würde ihn etwas hinabziehen wollen. Hastig kehrte Justus zur Brückenmitte zurück.

Sie traten durch ein großes Tor in den mittelalterlichen Hof. Hier brannten überall kleine Feuer in eisernen Schalen. Die uralten Mauern des Schlosses wurden von Strahlern beleuchtet und hinter schmalen Buntglasfenstern leuchtete warmes Licht. Nach und nach versammelte sich die Filmcrew im Hof.

Ein hochgewachsener Mann in den Fünfzigern, der sich gerade mit einer jungen Frau unterhielt, drängelte sich durch die Menge und an den drei ??? vorbei. Dabei rempelte er Bob an und schien es nicht einmal zu merken.

Bob schaute ihm verärgert nach. »Ist das etwa …?«

»Steven Yates«, bestätigte Justus. »Zusammen mit seiner Filmpartnerin Betty Rider, der Scream Queen.«

»Die Presse schreibt ja regelmäßig, meine Karriere wäre zu Ende«, erklärte Yates seiner Begleiterin ein paar Meter entfernt und lachte überlaut. Er hätte auch am anderen Ende des Hofs stehen können, die drei ??? hätten trotzdem jedes Wort verstanden, dafür sorgte Yates mit seinem lauten Organ. »Aber das ist natürlich Unsinn. Ich kann mich vor Angeboten nicht retten. Ich weigere mich nur, in diesen CGI-Gewitter-Filmen mitzuspielen, in denen alles aus dem Computer kommt. Erst, als Annabeth mir versicherte, dass in ihrem Film *Dracula Rises* alles handgemacht ist, habe ich zugesagt. Kein Greenscreen, kein Studio-Gedöns, sondern ein echtes Schloss mit echten Mauern.« Er tätschelte eine dieser Mauern, als wäre sie ein Pferd. Sein Pferd.

»Er wird seinem Ruf als arroganter Schnösel auf jeden Fall gerecht«, murmelte Peter.

»Leider werde ich Mr Yates' ohnehin schon aufgeblasenes Ego weiter füttern müssen, wenn ich ihn nach einem Autogramm für Tante Mathilda frage«, sagte Justus. »Aber ich komme wohl nicht drum herum. Am besten bringe ich es gleich hinter mich.« Seufzend zog er die Autogrammkarte aus der Tasche, die Tante Mathilda ihm mitgegeben hatte, und ging zu ihm. »Mr Yates? Verzeihung, Mr Yates, dürfte ich Sie um ein Autogramm bitten?«

Yates wandte den Kopf und tat so, als würde er Justus erst gar nicht sehen, bevor er den Blick senkte. Er vollbrachte das Kunststück, gleichzeitig milde und genervt zu lächeln. Seine Zähne strahlten dabei wie in einer Zahnpastawerbung. »Siehst du, Betty, es hat sich bis nach Rumänien herumgesprochen, dass Steven Yates einen neuen Film dreht.« Er zog einen edel aussehenden Füllfederhalter aus der Innentasche seines Jacketts und unterschrieb die Karte. »Vorsicht, die Tinte muss erst trocknen. Willst du auch noch ein Selfie?«

»Mein Akku ist leer«, log Justus. In Wahrheit hatte er nicht die geringste Lust auf ein Selfie mit Steven Yates. »Könnten Sie noch *Für Mathilda* draufschreiben?«

»Ach, es ist gar nicht für dich?«

»Für meine Tante.«

»Augenblick mal. Du sprichst fließend Englisch. Gehörst du zu jemandem aus der Crew?«

»Meine Freunde und ich sind ein Teil der Crew. Wir machen hier ein Praktikum.«

Steven Yates entdeckte Bob und Peter in der Menge. Augenblicklich verfinsterte sich seine Miene. »Ein Praktikum? Ihr seid doch noch Kinder.«

»Eine frühzeitige berufliche Orientierung ist für einen erfolgreichen persönlichen Werdegang selten von Nachteil«, gab Justus lässig zurück.

Wortlos kritzelte Yates *Für Mathilda* auf die Karte, drehte sich um und ließ Justus einfach stehen. »Kinder am Filmset«, sagte er zu Betty. »Es gibt nichts Schlimmeres. Außer vielleicht altkluge Kinder am Filmset.« Er lachte über seinen mäßigen Witz.

Justus zuckte mit den Schultern und kehrte zu seinen Freunden zurück.

»Und?«, fragte Bob.

»Arroganter Schnösel.«

Plötzlich ging ein leises Raunen durch die Menge, denn am oberen Ende einer großen Freitreppe war eine ältere Dame erschienen, die ein altmodisches Hauskleid trug und ein Tuch um ihre kunstvoll hochgesteckten Haare gewickelt hatte. Allein durch ihr Auftreten nahm man ihre große Autorität wahr, obwohl sie noch kein Wort gesprochen hatte.

»Die Hausherrin«, raunte Bob seinen Freunden zu. »Gräfin Codrina Ekaterina Kretzulesco.«

Nach und nach legte sich Stille über den Hof. Selbst Steven Yates verstummte.

»Herzlich willkommen auf Schloss Piatră, dem Familiensitz des Hauses Kretzulesco.« Der Blick der Gräfin ging über die Menge hinweg und hatte etwas Entrücktes, so als würde

sie zu sich selbst und nicht zur Filmcrew sprechen. Sie hatte einen rumänischen Akzent. Sie sprach leise, dennoch war ihre Stimme über den ganzen Hof zu hören. »Ich freue mich, Ihnen die Gemäuer meiner Familie für Ihre Arbeit zur Verfügung zu stellen. Der Film, den Sie hier zu drehen gedenken, geht Jahrhunderte in der Geschichte zurück, so wie auch die Mauern von Piatră schon viele hundert Jahre alt sind.« Wie aufs Stichwort begannen die elektrischen Außenlampen und die Lichter hinter den Fenstern zu flackern. Irritiert sahen sich alle um, da erlosch das Licht gänzlich. Nur die Feuerschalen erhellten noch den Hof. Ein vages Lächeln umspielte den Mund der Gräfin. »Leider sind diese Jahrhunderte nicht spurlos am Schloss vorübergegangen. Wir haben häufig mit Stromausfällen zu kämpfen. Unser Hausmeister Mr Repta arbeitet bereits daran, die Probleme zu beheben.« Sie nickte einem Mann zu, den die drei Detektive noch gar nicht bemerkt hatten.

Der Hausmeister hatte in einer Nische gestanden und trat nun neben die Gräfin ins Licht. Er war in einen dunklen Mantel gekleidet. Das einzig Helle an ihm war seine fleckige, ungesund aussehende Haut. Blass starrte er zu ihnen hinunter und verzog dabei keine Miene. An seiner Seite stand ein großer Hund mit dunklem Fell und aufmerksam aufgestellten Ohren. Er sah aus wie eine Mischung aus einem Schäferhund und etwas sehr Gefährlichem. Repta hielt ihn an der kurzen Leine.

»So blass, wie der ist, könnte er glatt selbst als Vampir durchgehen«, flüsterte Peter.

Als hätte Repta ihn gehört, blieb sein Blick auf dem Zweiten Detektiv ruhen. Kaum merklich kniff er die Augen zusammen, als würde er sich fragen, was diese Kinder hier zu suchen hatten. Peter schaute schnell woandershin.

»Ich hoffe, dass Ihre Arbeit durch die Stromausfälle nicht zu sehr beeinträchtigt wird«, fuhr Gräfin Codrina fort, »und wünsche Ihnen einen angenehmen Aufenthalt in unserem wunderschönen Transsilvanien und auf Schloss Piatră. Gutes Gelingen!«

Die Filmcrew applaudierte.

»Ein echtes Schloss – check«, sagte Peter und machte eine abhakende Handbewegung. »Eine echte Gräfin – check.«

Die Gräfin war schon auf dem Weg zurück ins Schloss, als unterhalb der Treppe eine Tür aufflog. Eine Frau in einem braunen Mantel eilte heraus. Sie hatte zwei Koffer in der Hand. Ihr Haar war zu Zöpfen geflochten, die um den Kopf gewickelt waren. Ein junger schlanker Mann mit dunklem Haar lief ihr nach und redete auf Rumänisch auf sie ein.

»Familia asta e blestemată«, rief die Frau aufgebracht. »El o să vină și o să ieie tot ce-i al lui, cum a făcut și până acum.«

In diesem Moment bemerkte sie, dass der Hof voller Menschen war, die alle in ihre Richtung sahen. Sie blieb stehen und blickte sich um, bis sie die Gräfin auf der Treppe entdeckte. »Ce vă uitați așa la mine? Mai bine ați pleca și voi dacă țineți la viață!«

Die Gräfin erstarrte. Die drei ??? hatten kein Wort verstanden, doch Gräfin Codrina war offensichtlich schockiert. Sie eilte die Treppe hinauf und verschwand im Schloss.

Die Frau im Hof lief durch die Menge Richtung Ausgang.

»Bianca, stai!«, rief der junge Mann ihr nach, aber er konnte sie nicht aufhalten und gab am Tor auf.

Bianca rannte über die Brücke und verschwand in der Dunkelheit.

»Was war das denn?«, fragte Bob leise. »Was hat die Frau gesagt?« Fragend sah er zu Justus.

»Ich bin nicht auf den Kopf gefallen, aber das bedeutet nicht, dass ich sämtliche Sprachen der Welt beherrsche«, sagte Justus. »Ich weiß nicht, was sie gesagt hat.«

»Aber ich weiß etwas«, verkündete Peter und senkte die Stimme. »Das war die Frau aus dem Videocall. Die, die mitten in der Nacht geschrien hat.«

»Bist du sicher?«, fragte Justus.

»Bei der Frisur? Hundertprozentig. Kollegen, das ist die Frau, die immerzu Vlad gerufen hat!« Peter schaute zum Tor und verspürte den Impuls, ebenfalls die Flucht zu ergreifen. Aber daraus würde nichts werden. Für die nächsten Tage war Schloss Piatră sein Zuhause, ob er wollte oder nicht. »Ein unheimliches Erlebnis gleich nach der Ankunft«, murmelte er. »Check.«

Die falsche Treppe

Nachdem die Gräfin ins Schloss geflohen war, kam Bewegung in die Menge. Trotz der Irritation nahmen alle ihre Arbeit wieder auf. Die drei ??? holten ihr Gepäck aus dem Van. Mit Taschen und Rollkoffern bepackt, betraten sie das Schloss durch eine doppelflügelige eisenbeschlagene Tür. Die Eingangshalle war mit schweren Teppichen ausgelegt. An den Wänden hingen alte goldgerahmte Ölgemälde.

Während die Jungen im Vorbeigehen die Bilder betrachteten, kehrte das elektrische Licht zurück. Ein Strahler fiel auf ein unheimliches Porträt, das sie anzustarren schien.

»Seht mal, Vlad Drăculea persönlich«, stellte Bob fest. Der Woiwode war deutlich an seinem Spitzbart und dem stechenden Blick zu erkennen. Auffällig war außerdem sein Kopfschmuck, eine rote Samtmütze mit einem breiten Band aus Perlen, das wiederum von einem großen roten Edelstein verziert wurde.

Peter wandte den Blick ab und legte einen Schritt zu. Dem Zweiten Detektiv war dieser Ort nicht geheuer. Obwohl das

Licht wieder funktionierte, war es im Schloss nicht richtig hell, so als würden die Wände Dunkelheit abstrahlen. Peter erschien es ganz logisch, dass man den Wunsch verspürte, so schnell wie möglich seine Koffer zu packen und abzureisen. Es war nur den vielen Menschen und dem Gewusel des Filmteams zu verdanken, dass er sich in diesen uralten Mauern halbwegs sicher fühlte.

Alle waren schwer beschäftigt, weshalb Mr Shaw die Jungen gebeten hatte, ihr Zimmer allein aufzusuchen. Er hatte ihnen den Weg beschrieben. Auf sich allein gestellt, durchwanderten sie die endlosen Gänge mit Böden aus Steinplatten und den alten Holztüren und stellten sich dabei vor, einen lange vergessenen Ort zu entdecken. Es ging steinerne Treppen empor, deren Stufen im Laufe der Jahrhunderte rund geschliffen worden waren.

»Genau hier ist womöglich auch Vlad Drăculea hinaufgestiegen«, sagte Bob. »Ist das nicht fantastisch?«

»Ja, ganz toll«, murmelte Peter unbehaglich. »Wahrscheinlich hat er auch unser Klo benutzt.«

»Im fünfzehnten Jahrhundert dürfte es noch keine –«

»Das war ein Scherz, Just.«

»Wo müssen wir denn jetzt hin?«, fragte Bob, nachdem sie das obere Ende der Treppe erreicht hatten. Ratlos blickte er den leeren Gang hinunter. »Links oder rechts?«

»Da lang«, sagte Peter aufs Geratewohl und zeigte nach links, ohne seinen Freunden zu verraten, dass er sich an die Wegbeschreibung seines Vaters nicht mehr genau erinnern konnte. Er war ein paar Schritte weit gekommen, als er plötzlich leise

Musik hörte. Eine zugleich traurige und unheimliche Melodie wie von einem Glockenspiel.

»Hört ihr das auch?«, flüsterte Peter und folgte der Melodie bis zum Fuß einer steinernen Treppe, die in einem weiten Bogen nach oben führte und sich in der Dunkelheit verlor.

»Wahrscheinlich der neueste Hit aus Rumänien«, meinte Bob.

Niemand lachte. Die Musik übte eine hypnotische Wirkung auf sie aus. Obwohl Peter sie unheimlich fand, setzte er einen Fuß auf die erste Treppenstufe. Justus folgte ihm. Bob blieb ein paar Schritte zurück.

Plötzlich legte sich eine schwere Hand auf seine Schulter. Der dritte Detektiv drehte sich erschrocken um und blickte in Reptas wütendes Gesicht.

»Ce căutați sus?«, sprach er Bob an und fixierte auch Peter und Justus. Dabei stellte er sich vor sie und blockierte die Treppe.

»Wir … wir suchen nur unser Zimmer«, versuchte Bob zu erklären.

Finster schüttelte Repta den Kopf und deutete in den Gang, während er weiter auf Rumänisch auf sie einredete. »Valea!«

»Ich nehme an, das bedeutet, dass wir in die falsche Richtung gegangen sind«, sagte Justus und trat den Rückzug an. »Das kann man auch freundlich sagen.«

»Vielleicht war das ja freundlich«, überlegte Peter und blickte über die Schulter zurück. Der Hausmeister ließ die Jungen nicht aus den Augen, bis sie um die nächste Ecke gebogen waren.

»Das muss unser Zimmer sein«, sagte Bob und öffnete die letzte Tür rechts. »Wow.«

Das Zimmer war karg eingerichtet mit drei Betten, die aussahen wie Ausstellungsstücke aus einem Museum. Mehr Möbelstücke gab es nicht. Trotzdem machte der Raum einen gemütlichen Eindruck. Auf dem Steinboden lag ein alter persischer Teppich, die Fenster befanden sich in gotischen Mauerbögen, gerahmt von bodenlangen Vorhängen. Die Scheiben bestanden aus bleigefasstem Buntglas. Unter der Decke hing ein ausladender Kronleuchter. Es hatte etwas von einem liebevoll eingerichteten mittelalterlichen Kerker.

»Und hier hat wahrscheinlich Vlad Drăculea persönlich drin geschlafen«, sagte Peter.

Bob ließ seine Tasche fallen und warf sich aufs quietschende, durchgelegene Bett. »Ich find's so cool hier!«

»Na ja …«

»Wir wohnen in einem Schloss, Peter, was kann es denn bitte Cooleres geben? Und die Bettbezüge sind frisch gewaschen.«

Eigentlich stand noch ein gemeinsames Abendessen im Speisesaal an. Justus hatte vorgehabt, Hank, Mr Shaws Mitarbeiter, nach der Frau zu befragen, die fluchtartig das Schloss verlassen hatte. Aber die drei ??? hatten erst auf der Fahrt hierher ihren übrigen Reiseproviant aufgegessen und waren daher nicht hungrig. Und nun, da sie auf ihren Betten saßen, die tatsächlich sehr frisch und angenehm rochen, wurden alle drei von einer großen Müdigkeit überfallen. Sie waren vor sechsundzwanzig Stunden in Rocky Beach aus ihren Betten gestiegen, wie Justus ihnen vorrechnete, und plötzlich hatte nicht einmal mehr er selbst das Bedürfnis, noch irgendetwas anderes zu tun, als sich in die Decke zu kuscheln und zu schlafen.

Sie schafften es gerade noch, die Toiletten aufzusuchen, die sich draußen auf dem Flur befanden, und sich dort im kleinen Waschraum die Zähne zu putzen. Fünf Minuten später lagen alle in ihren Betten.

»Gute Nacht«, murmelte Bob, doch die anderen waren schon eingeschlafen.

Sie schliefen elf Stunden am Stück. Lediglich Peter wurde einmal mitten in der Nacht halb wach, weil er glaubte, irgendwo ein Klopfen zu hören. Aber ehe er noch darüber nachdenken konnte, war er schon wieder tief und fest eingeschlafen. Und vielleicht war es auch nur ein Traum gewesen.

Wiederauferstanden

Als die drei ??? am nächsten Morgen den Speisesaal betraten, waren sie die Letzten. Das Filmteam hatte schon mit der Arbeit begonnen. Auf den Tischen standen leer gegessene Teller und Tassen mit kalten Kaffeepfützen. Einer der Bediensteten des Schlosses war dabei, alles abzuräumen, doch als die drei Jungen den Saal betraten, lächelte er ihnen zu und stellte drei frische Gedecke hin. Kurz darauf brachte er jedem von ihnen ein riesiges frisches Omelett, das mit Schinkenwürfeln und Käse gefüllt war. Die drei erkannten in ihm den jungen Mann wieder, der am Abend zuvor auf die Frau mit den Zöpfen eingeredet hatte. »Guten Appetit«, sagte er.

»Oh, Sie sprechen Englisch«, stellte Justus erfreut fest.

»Ein wenig«, gab er zu. »Ich bin Timeo, der Koch. Lasst es euch schmecken.«

Er wollte sich schon abwenden, als Justus ihn zurückhielt. »Sagen Sie, Sie waren doch gestern im Hof, als diese junge Frau aufgeregt das Schloss verließ, nicht wahr?«

Timeo nickte. »Bianca. Sie arbeitet hier. Jedenfalls hat sie das bis gestern. Ich habe versucht, sie zu beruhigen, aber sie war viel zu aufgeregt und wollte unbedingt gehen.«

»Was ist denn da genau passiert?«

Der Koch war überrascht von der direkten Frage. »Sie dachte, sie hätte etwas Unheimliches gehört, und hat sich geängstigt.«

»Etwas Unheimliches?«, fragte Justus.

»Klopfgeräusche.«

»Und deshalb wollte sie gleich das Schloss verlassen?«

Timeo schüttelte lächelnd den Kopf. »Bianca ist sehr abergläubisch. Sie hat gedacht, dass Vlad wiederauferstanden wäre.«

»Vlad Drăculea?«, fragte Bob.

»Wiederauferstanden?«, wiederholte Peter und spürte, wie sich seine Nackenhaare aufstellten. »Sie meinen … wie ein Zombie? Oder ein Vampir? Ach nein, Vlad ist ja schon ein Vampir. Ein Zombievampir? Ein Vampirzombie?«

Timeo lachte. »Ja, genau. Aber das ist natürlich Unsinn. Guten Appetit!«

»Das fängt ja gut an«, murmelte Peter, nachdem Timeo gegangen war. Aber das Omelett brachte ihn auf andere Gedanken, es schmeckte nämlich hervorragend. Ausgeruht und gestärkt verließen die Jungen den Speisesaal und fanden den größten Teil der Filmcrew in einer großen Halle im Erdgeschoss, wo alle damit beschäftigt waren, Scheinwerfer anzuschließen und Kulissen aufzubauen. Es herrschte reges Treiben. In einer Ecke stand eine beeindruckende Ritterrüstung. Die Junge wussten nicht recht zu sagen, ob sie echt war oder zum Film gehörte, aber sie nannten den Saal von nun an Rittersaal.

Peters Vater stand zusammen mit Hank neben einem mannshohen steinernen Kreuz und sprach mit einer jungen Frau in sportlicher Kleidung, die ihr dunkles Haar unter einer Kappe trug. Peter erkannte die Regisseurin Annabeth Parker wieder.

»Haben wir genügend Blut?«, fragte Annabeth gerade, als Justus, Peter und Bob hinzutraten.

»Nein, aber dafür sind ja die drei Jungs da«, antwortete Hank und zwinkerte ihnen zu. »Na, ausgeschlafen?« Er stellte die drei der Regisseurin vor.

»Ah«, sagte Annabeth und tippte an ihre Mütze. »Die Detektive. Ich habe schon von euch gehört. Ich hoffe, ihr seid als Spezialeffekt-Praktikanten genauso gut wie beim Entlarven von Verbrechern.«

»Und ich hoffe, dass sie dir keine Gelegenheit geben, einen Vergleich anzustellen«, meinte Mr Shaw. »Bei den dreien muss man nämlich aufpassen. Sobald jemand auch nur seine Brille verlegt hat oder irgendwo eine Tür knarrt, wittern sie bereits die Taten einer durchtriebenen Verbrecherbande. Aber damit ihr nicht auf dumme Gedanken kommt –« Er drückte seinem Sohn einen Eimer voller roter Farbe in die Hand. »Blut«, sagte er. »Kunstblut. Wir brauchen eine Menge davon. Ihr müsst die richtige Konsistenz zusammenmischen, sodass es echt aussieht und schön gruselig an diesem Kreuz herabfließen kann.«

Nun sahen die drei Detektive, dass das vermeintliche Kirchenkreuz nur eine täuschend echt aussehende Requisite aus Holz und Styropor war. Auf ihrer Rückseite verliefen kreuz und quer durchsichtige Plastikschläuche und Kabel.

»Ich nehme an, diese Pumpen hier erzeugen einen Unterdruck und saugen das Kunstblut in die Behälter«, sagte Justus, nachdem er die Konstruktion betrachtet hatte.

»Und dann spritzt es aus dem Loch da, wenn Vlad in der Szene, in der seine Geliebte stirbt, sein Schwert hineinstößt«, fügte Bob hinzu.

»Oh, da hat jemand das Drehbuch gelesen«, stellte Annabeth erfreut fest. »Ich glaube, es war eine gute Idee von dir, die Jungs mitzunehmen, Henry. Die haben was auf dem Kasten.« Sie zwinkerte den drei ??? zu.

»Wir werden sehen«, sagte Mr Shaw. »Na, dann macht euch mal an die Arbeit!«

Den Rest des Vormittags waren sie damit beschäftigt, das Kunstblut zusammenzumischen. Es war komplizierter als gedacht. Nachdem ihr erster Versuch schon ziemlich gut gelungen war, fand Justus, dass es noch besser gehen müsste. Von da an verschlimmbesserten sie das Ergebnis allerdings mit jedem weiteren Versuch.

Bob war nicht ganz bei der Sache. Er fand es viel zu aufregend, an einem echten Filmset auf einem echten Schloss im echten Transsilvanien zu sein, und schaute sich alles ganz genau an.

Schließlich gingen sie zusammen mit dem Rest der Crew in die Mittagspause.

»Bon Appetit«, sagte Timeo, als sie bei der Essensausgabe an der Reihe waren. Er klatschte jedem von ihnen ein grünbraunes Etwas auf den Teller, das nicht sonderlich appetitlich aussah.

Justus sah sich suchend um und entdeckte Hank, der allein an einem Tisch saß und mit einem Feinmechanikschraubenzieher an etwas herumbastelte. Sie setzten sich zu ihm.

Vor Hank auf dem Tisch lag mit dem Bauch nach oben etwas, das aussah wie eine tote Fledermaus. Man hätte meinen können, Hank würde sie mit seinem Schraubenzieher sezieren. »Was machst du da?«

»Ich bringe eine Fledermaus zum Fliegen.«

»Ist das eine Drohne?«, fragte Bob.

»Ein Bat-Bot«, korrigierte Hank ihn und hielt die künstliche Fledermaus stolz in die Luft.

»Bat-Bot?«, wiederholte Peter. »Klingt wie ein Superheld.«

»Annabeth braucht für den Film eine Fledermaus. Sie wollte erst eine computeranimieren lassen, aber ich habe ihr vorgeschlagen, eine zu bauen.«

»Und die kann wirklich fliegen?«, fragte Bob.

»Wird sie. Wie 'ne echte.«

»Cool«, sagten Bob und Peter gleichzeitig.

»Und wie gefällt's euch auf unserem Vampirschloss?«

»Hervorragend!«, sagte Bob, während Peter ein wenig das Gesicht verzog und Justus nur einen Daumen in die Höhe reckte, da er gerade kaute. Anschließend deutete er auf Hanks unangetasteten Teller. »Keinen Hunger auf Sarmale?«

Hank sah auf. »Worauf?«

»Sarmale. Ein rumänisches Nationalgericht. Ist doch eine nette Geste von Timeo, das heute für uns zuzubereiten.«

»Ihr kennt Timeo also bereits. Das ist gut. Es kann nie schaden, Beziehungen zum Koch zu haben. Habt ihr die anderen Schlossbewohner denn auch schon getroffen? Den reizenden Mr Repta zum Beispiel und Van Helsing?«

»Van Helsing?«, fragte Bob.

»Seinen Hund.«

»Der heißt Van Helsing?« Bob wandte sich schmunzelnd an Peter. »So heißt auch der Vampirjäger in Bram Stokers Roman Dracula.«

»Das sind mir schon wieder zu viele Vampirgeschichten«, fand Peter.

»Dann hätten wir noch unseren Obervampir, den Charmebolzen Steven Yates«, fuhr Hank fort. »Er spielt Vlad.«

»Wir hatten bereits das Vergnügen«, sagte Justus.

»Und natürlich Betty, die Scream Queen. Sie sitzt da drüben.« Hank zeigte unauffällig auf die junge blonde Schauspielerin, die am Vorabend Yates' Begleiterin gewesen war. »Steven Yates könnte zwar ihr Vater sein, aber das hindert ihn nicht daran, ständig um sie herumzutanzen.«

»Und warum Scream Queen?«, wollte Peter wissen.

»Weil sie für ihre spitzen Schreie berühmt ist und so schon die eine oder andere Rolle in Horrorfilmen ergattert hat. So, das reicht für heute. Morgen machen wir weiter mit dem *Who is Who* auf Schloss Piatră.«

»Du kennst dich ja bestens aus«, sagte Justus. »Wie lange bist du schon auf dem Schloss?«

»Seit einer Woche.«

»Haben in dieser Zeit eventuell sonderbare Vorfälle deine Aufmerksamkeit erregt?«, fragte Justus weiter.

Hank sah ihn verblüfft an. Die Ausdrucksweise des Ersten Detektivs schien ihn zu irritieren. Er zuckte mit den Schultern.

»Echte Vampire?«, schlug Peter vor. »Zombies?«

»Schreiende Frauen?«, fügte Bob hinzu.

»Ihr meint Bianca? Ja, ich habe das Drama hautnah mitbekommen.«

»Timeo meint, sie wäre einfach sehr abergläubisch.«

»Mag sein. Aber die Klopfgeräusche hat sie sich zumindest nicht eingebildet. Die habe ich nämlich auch gehört.«

»Tatsächlich?«

Hank nickte. »Regelmäßig, seit ich auf dem Schloss angekommen bin.«

Justus überlegte. »Gehe ich recht in der Annahme, dass sich dieses Phänomen immer nachts zugetragen hat? Und immer an derselben Stelle?«

Wieder nickte Hank. »Im Westflügel. Da gehe ich hin, wenn ich Netz brauche, es ist nämlich der einzige Ort, wo man mit etwas Glück ein bisschen Empfang hat. Ich dachte erst, es wäre eine Wasserleitung oder ein Heizungsrohr. In so einem alten Gebäude, in dem ständig der Strom ausfällt, ist das ja naheliegend. Aber irgendwie … klingt es nicht wie ein Heizungsrohr.«

Die drei ??? tauschten vielsagende Blicke aus. Irgendetwas stimmte hier nicht.

Der Vampirzombie

Irgendwo läutete eine Glocke. Die Mittagspause war vorbei. Stühle scharrten über den Boden und nach und nach verließen alle den Speisesaal.

»Kollegen, ihr wisst schon, was das heißt, oder?«, raunte Peter, als sie in den Rittersaal zurückkehrten. »Mag sein, dass es keine Zombies sind, aber … auf Schloss Pitara spukt es.«

»Piatră«, korrigierte Bob.

Justus verdrehte die Augen, während er in einen rumänischen Schokoriegel biss, von denen im Speisesaal eine ganze Schale gestanden hatte. Er schmeckte nach Rum. Justus verzog das Gesicht. Nicht gerade seine Lieblingsgeschmacksrichtung. Andererseits war es immer noch Schokolade. Er biss noch einmal ab.

Plötzlich stand Mr Shaw hinter ihnen. »Spuk? Ich hoffe, ihr redet übers Drehbuch. Wir hatten eine Abmachung. Hier!« Er drückte Peter ein Knäuel aus Kabeln, Steckern und Ladegeräten in die Hand, in dem der Zweite Detektiv fast unterging. »Die müssen dringend an den Strom. Und dann könnt ihr Hank mit den Särgen helfen.«

»Noch einmal zum Mitschreiben«, sagte Justus, nachdem Mr Shaw sich entfernt hatte. »Wir wissen, dass kein naturwissenschaftliches Phänomen namens Spuk existiert.«

»Was bedeutet, dass die Klopfgeräusche menschengemacht sein müssen.«

»Exakt, Bob. Was sie jedoch nicht weniger interessant macht, im Gegenteil. Immerhin hat eine Bedienstete aus Angst das Schloss verlassen. Um herauszufinden, wer dafür verantwortlich ist, ist es naheliegend, dass wir heute Nacht den Gang im Westflügel überwachen.«

Peter seufzte, ging mit dem Kabelberg zu einer Steckdose, legte ihn dort ab und schloss den Mehrfachstecker an, an dem bereits ein paar Akkus baumelten. Es gab ein leises Brummen, die Lichter flackerten und plötzlich gab es einen Knall. Mit einem Schlag erloschen alle Deckenlampen. Nur noch vereinzelte Filmscheinwerfer erhellten den Saal.

Mr Shaw kam panisch angelaufen. »Um Himmels willen, Peter, was machst du denn da? Das Stromnetz des Schlosses ist doch schon mit einem Föhn überlastet. Warum benutzt du denn nicht den Filmstrom?« Er wies auf eine massive Steckerleiste, die mindestens ein Dutzend Anschlüsse hatte. Ein dickes Starkstromkabel führte von dort aus dem Saal hinaus. Kopfschüttelnd nahm Mr Shaw seinem Sohn den Kabelsalat aus der Hand und machte es selbst.

Den Rest des Tages waren die Jungen damit beschäftigt, Hank mit dem Sarg zu helfen, in dem laut Drehbuch die schöne Elisabeta, gespielt von Betty, am Ende des ersten Akts aufgebahrt werden sollte. Der Sarg sah zu neu aus und brauchte ein bisschen Patina, damit man ihm das fünfzehnte Jahrhundert abnahm. Sie bearbeiteten ihn mit Schleifpapier und trugen ein wenig vom zu stark glänzenden Lack ab.

Peter hoffte, dass Justus seinen Plan nur so dahergesagt und ihn bis zum Abend vielleicht vergessen haben würde, aber er hätte es natürlich besser wissen müssen. Als der Zweite Detektiv nach dem späten Abendessen so tat, als würde er sich bettfertig machen, bedachte Justus ihn mit einem tadelnden Blick. »Zieh dir was Bequemes an. Auf unserem Observierungsposten wird das von Vorteil sein.«

Zehn Minuten später wusste Peter, was Justus gemeint hatte. Der Observierungsposten war nämlich ein altertümlicher Holztisch, der im Gang zum Westflügel stand. Das aufliegende gestärkte Tischtuch reichte bis zum Boden. Die drei ??? konnten sich hervorragend darunter verstecken. Zumindest in der Theorie. In der Praxis stellten sie schnell fest, dass es unter dem Tisch viel zu eng war für drei Leute. Die hölzernen Verstrebungen, die die Tischbeine stabilisierten, machten es nicht besser.

»Das ist ja wirklich toll, was du dir hier ausgedacht hast, Just«, meinte Peter genervt und versuchte, den Ellbogen, der in seine Rippen drückte, beiseitezuschieben. Er wusste nicht, zu wem er gehörte. Vielleicht war es nicht einmal ein Ellbogen.

»Dann rück halt ein bisschen«, gab Justus ebenso genervt zurück.

Peter versuchte es. Etwas bohrte sich in sein Gesäß. »Die Streichhölzer drücken.«

»Was für Streichhölzer?«, fragte Bob.

»Die *Wonderland*-Streichhölzer in meiner Hosentasche.«

»Wieso hast du die überhaupt dabei?«

»Man weiß nie, wann man sie mal brauchen kann.«

»Jetzt gerade brauchst du sie jedenfalls nicht. Nimm sie halt raus.«

»Wie denn?« Peter probierte es und stieß dabei gegen Justus' Hinterkopf.

»Aua! Pass doch auf, Peter.«

»Du hast gut reden.«

»Pssst!«, zischte Justus. »Ihr seid viel zu laut. Die Definition einer Observierung ist es, unentdeckt eine geheime Überwachung durchzuführen.«

»Die Definition einer Observierung ist es, überhaupt etwas

zu sehen«, widersprach Peter. »Aber ich kann weder durch Tischdecken hindurchschauen noch um die Ecke gucken. Der Westflügel beginnt nämlich erst dahinten.«

»Gib es zu, Just, dein Plan war nicht besonders durchdacht«, sagte Bob.

»Dieser Anschein wird nur dadurch erweckt, dass –«

»Er war nicht durchdacht«, unterbrach Peter ihn verärgert, schlug die Tischdecke zurück und krabbelte aus dem Versteck.

Bob folgte ihm.

»Was hast *du* denn jetzt vor?«, fragte Justus.

»Ich hole meine Kamera«, sagte Bob. Er wollte um die nächste Ecke biegen – und zuckte im letzten Moment zurück.

Im Quergang stand Repta. Zum Glück hatte er Bob nicht bemerkt. Als der dritte Detektiv vorsichtig um die Ecke späh-

te, sah er, wie Repta mit der Hand über das raue Gestein der Wand strich und die gemauerten Steine untersuchte. Er hatte seinen schwarzen Hund dabei – Van Helsing –, der auf dem Boden herumschnüffelte.

Bob winkte seine Freunde zu sich heran.

»Was macht der denn da?«, wisperte Peter.

Warnend legte Bob den Zeigefinger auf die Lippen.

Repta war noch immer mit der Wand beschäftigt, doch dann ließ er von ihr ab und ging den Korridor hinab.

»Hinterher«, flüsterte Justus. Mit genügend Abstand folgten sie Repta.

Der alte Mann ging langsam und schaute sich immer wieder die Wände an, legte hier und da eine Hand auf das Gestein oder klopfte bestimmte Stellen ab. Erst bog er rechts ab, dann links, und nach einigen Minuten hatten die drei ??? die Orientierung verloren. Repta bemerkte nicht, dass er beobachtet wurde. Doch Van Helsing wurde unruhig. Er stellte die Ohren auf, hielt die Schnauze an den Boden und schnüffelte – in ihre Richtung.

»Ich glaube, der Hund wittert uns«, raunte Peter.

Plötzlich zog Van Helsing wie verrückt an der Leine. Repta gab ihm einen wütenden Befehl, doch der Hund ließ nicht locker. Schließlich gab Repta ihm nach und ließ sich mitziehen.

»Rückzug!«, zischte Justus.

Die drei ??? eilten den Gang zurück, den sie hergekommen waren.

»Verflixt, wo müssen wir lang?«, fragte Peter am nächsten Abzweig.

»Egal, erst mal weg.« Bob rannte nach links.

Sie merkten schnell, dass sie falsch waren, doch darauf kam es jetzt nicht an. Repta und Van Helsing waren immer noch hinter ihnen. Zwar waren sie schneller als der alte Mann, aber wenn sie in eine Sackgasse gerieten …

Plötzlich hallte ein dumpfes Klopfen durch den Gang. In der Nähe einer Treppe blieben Justus, Peter und Bob keuchend stehen.

Das Klopfen wiederholte sich, langsam und rhythmisch, so als würde ein Riese gegen eine Wand hämmern.

»Just!«, zischte Peter. »Hörst du das?«

»Ich bin ja nicht taub.«

»Wir dürfen nicht stehen bleiben, Kollegen«, drängte Bob. »Repta kann jeden Moment um die Ecke kommen.«

»Aber wegen des Klopfens sind wir doch hier«, widersprach Justus. »Wir können jetzt nicht …« Er verstummte.

Das Klopfen hatte aufgehört.

»Verflixt, das gibt's doch nicht!«

Sie lauschten. Ein entferntes Murmeln hallte durch den Gang und näherte sich.

»*Dominus vobiscum. Et cum spiritu tuo. Sit nomen Domini benedictum …*«

Einige Meter vor ihnen kreuzte ein weiterer Korridor. Die Stimme kam von dort. Ein Schatten fiel in den Gang. Er hatte menschliche Gestalt – abgesehen vom Kopf, der monströs verformt war. Der Schatten wankte hin und her und kam langsam näher, während das Gemurmel lauter wurde. »*Dominus vobiscum. Et cum spiritu tuo.*«

»Just, was ist das?«, wimmerte Peter. »Etwa der Vampirzombie? Weg hier!«

Er wollte schon umkehren, doch Bob hielt ihn am Ärmel fest. »Da kommt Repta!«

Peter krallte sich in Bobs Oberarm. Hinter ihnen näherte sich Repta. Van Helsing knurrte. Vor ihnen war der Vampirzombie.

»Die Treppe rauf!«, raunte Justus und zog seine Freunde mit sich.

Als Peter die ersten Stufen betrat, erkannte er die Treppe wieder. Von hier hatte Repta sie am ersten Abend verscheucht. Sie hasteten die Stufen empor ins nächste Stockwerk. Erneut ein langer Gang. Doch am Ende …

»Eine Sackgasse«, stöhnte Bob. »Was jetzt?«

»Da vorn sind Türen!« Peter lief hin und rüttelte an der ersten. Verschlossen. Auch die zweite Tür ließ sich nicht öffnen. An der dritten und letzten schloss der Zweite Detektiv die Augen und atmete einmal tief ein. »Komm schon«, flüsterte er und drückte die Klinke herunter.

Leise knarrend schwang die Tür auf.

In Windeseile quetschten sich die drei Detektive hindurch. So leise es ihm mit seinen zitternden Fingern möglich war, drückte Peter die Tür wieder ins Schloss, presste die flachen Hände gegen das Holz und lauschte am Türblatt.

Von draußen war nichts mehr zu hören. Ganz langsam entspannte sich der Zweite Detektiv.

»Leute, das war richtig knapp«, raunte er. »Ich habe ja gleich gesagt, es gibt Vampirzombies.«

»Unsinn«, widersprach Justus. »Ich bin sicher, dass es für die unheimliche Gestalt, deren Schatten wir gesehen haben, eine rationale Erklärung gibt.«

»Ach. Und warum bist du dann weggerannt?«

Justus antwortete nicht.

Verärgert wollte Peter den Ersten Detektiv zur Rede stellen. Als er sich umdrehte, verschlug es ihm jedoch die Sprache. Der Raum, den sie soeben betreten hatten, war nicht einfach nur irgendein Raum.

»Wo sind wir hier?«, fragte Peter staunend.

Das verbotene Zimmer

Die drei ??? standen in einem Jugendzimmer. Einem Jugendzimmer aus längst vergangenen Zeiten. Statt Spielkonsole, Postern an den Wänden und herumliegenden Sportklamotten fanden sich hier hunderte von Büchern und seltsamen Gerätschaften. Auf einem antiken Schreibtisch stand ein altes Mikroskop neben einer Schreibtischgarnitur mit Tintenfass und Füllfederhalter, beleuchtet von einer Lampe aus Messing. In den Regalen waren neben Büchern über Ozeane, Meeresbewohner und Geografie auch kleine Modelle von Schiffen, Dampfmaschinen und U-Booten aufbewahrt.

Peter entdeckte eine Flugzeug-Miniatur, einen Sextanten und einen präparierten Kugelfisch, während Justus in einem vergilbten Skizzenbuch blätterte, in das jemand Ideen für Maschinen und mechanische Apparate gezeichnet hatte. Auf einem kleinen Tischchen befand sich ein Globus, auf dem eine Reihe von Küstenorten mit Fähnchen markiert waren. Ganz am Ende des Raums stand halb im Dunkeln ein großer, dem Fenster zugewandter Stuhl. An den Wänden hingen hinter Glas

gepresste Pflanzen, Evolutionsstammbäume und gerahmte Urkunden. Anscheinend handelte es sich um Preise und Auszeichnungen für besondere Leistungen. Sie waren auf Rumänisch und daher unverständlich für die Jungen. Nur der Name desjenigen, der die Auszeichnungen erhalten hatte, war zu entziffern: Alexandru Kretzulesco.

»Hier hat einmal ein Junge gelebt«, murmelte Bob. »Alexandru Kretzulesco. Das ist aber wohl schon ein paar Jahre her.«

»Ein paar?« Peter stellte fest, dass keines der Bücher in den Regalen jüngeren Datums war. »Mindestens fünfzig, würde ich sagen.«

»Vierundsechzig, um genau zu sein«, sagte Justus. Er hatte ein altes staubiges Album neben dem Globus aufgeschlagen. Darin befanden sich Fotos und vergilbte Zeitungsausschnitte.

Auf die letzte Seite war ein Flugblatt eingeklebt, auf dem das Bild eines Jungen in ihrem Alter zu sehen war. Er hatte dunkles Haar und schaute ernst in die Kamera. Darunter stand:

DISPĂRUT, ALEXANDRU KRETZULESCO
VÂRSTĂ 13 – 146 CM
20.05.1958

»Dispărut«, murmelte der Erste Detektiv. »Das könnte *verschwunden* bedeuten. Dazu eine Größenangabe und ein Alter … eine Vermisstenanzeige. Am 20. Mai 1958 verschwand Alexandru Kretzulesco im Alter von 13 Jahren.«

»Und wer ist das?«, fragte Bob. »Ein Verwandter der Gräfin?«

Justus blätterte ein paar Seiten zurück und stieß auf ein Familienfoto. Darauf war Alexandru zu sehen, der lächelnd einen Pokal in der Hand hielt. Neben ihm eine erwachsene Frau, die ihn stolz bei den Schultern fasste, und ein jüngeres Mädchen. Das Bild war alt, aber die hellen Augen und das entrückte Lächeln hatte die Gräfin schon damals gehabt. »Alexandru ist ihr älterer Bruder, wenn mich nicht alles täuscht.«

»War«, korrigierte Bob. »Er scheint ja nicht wiederaufgetaucht zu sein. Sonst sähe es hier drin nicht aus wie in einem Museum.«

»Korrekt beobachtet«, lobte Justus und blätterte weiter im Album, während Peter und Bob langsam durch den Raum gingen und sich umsahen.

Peter war es ganz recht. Da draußen waren Repta und der Vampirzombie. Je länger sie sich hier drinnen aufhielten, desto sicherer fühlte er sich. Beim Stöbern stieß er auf ein kleines hölzernes Kästchen. Vorsichtig öffnete er es. Es war eine antike Spieluhr. Eine kleine Figur aus Messing, die einen bärtigen Mann mit einer Krone auf dem Kopf und einem Dreizack in der Hand darstellte, drehte sich im Kreis, während aus dem Inneren des Kästchens eine einfache Melodie erklang.

»Was hast du da entdeckt?«, fragte Justus, kam neugierig näher und nahm die Figur in Augenschein. »Poseidon, der Gott des Meeres«, stellte er fest. »Alexandru hat sich anscheinend für alles, was mit dem Ozean zu tun hat, begeistert.«

»Außerdem ist das die Musik, die wir gestern Abend gehört haben, bevor Repta uns verscheuchte. Repta wollte uns von diesem Raum fernhalten.«

Während Peter und Justus mit der Spieluhr beschäftigt waren, war Bob bis zum anderen Ende des Zimmers geschlen-

dert, wo der große lederbezogene Lehnstuhl stand. Als sein Blick auf die reglose bleiche Hand fiel, die auf der Armlehne lag, konnte er nur mühsam einen Schrei unterdrücken. »K… Kollegen!«

Im Stuhl saß Gräfin Codrina. Ihre Augen waren geschlossen. Sie rührte sich nicht. Auf ihrem Schoß lag ein aufgeschlagenes Buch. Bob hielt den Atem an.

Peter keuchte vor Schreck, als er die Gräfin sah. »Ist … ist sie etwa …«

Justus beugte sich vor und hielt ihr den Zeigefinger unter die Nase. »Entwarnung«, flüsterte er. »Sie atmet.« Er betrachtete das Buch in ihrem Schoß. Um den Titel lesen zu können, musste er den Buchdeckel umklappen. »Jules Verne. *20.000 de leghe sub mari*«, las er. »Die rumänische Ausgabe von *20.000 Meilen unter dem Meer* von Jules Verne.«

»Es ist doch wohl völlig egal, was die Gräfin liest«, zischte Peter, der sich sehr unbehaglich und wie ein Eindringling fühlte. »Lasst uns sofort abhauen.«

Justus reagierte nicht. Ihm war aufgefallen, dass die Gräfin die letzte Seite mit ihrem Zeigefinger markiert hatte. Vorsichtig schlug er das Buch an der entsprechenden Stelle auf.

Die Gräfin zuckte leicht und murmelte leise etwas Unverständliches.

»Spinnst du, Just?«, flüsterte Peter »Die wacht gleich auf!«

»Einen Moment noch«, sagte Justus. Da lag eine lose Bleistiftskizze im Buch. Wieder eine Art Apparat. Er wusste nicht, was genau es war. Also zog er sein Handy aus der Tasche und machte ein Foto.

»Wenn die Gräfin uns hier sieht, kriegt sie glatt einen Herzinfarkt«, meinte Bob. »Wir sollten jetzt wirklich gehen.« Er trat einen Schritt zurück und stieß mit dem Fuß gegen eine klirrende Teetasse auf dem Boden. Die Gräfin schnaubte.

»Weg hier!«, drängte Peter und eilte zur Tür. Dort erst fiel ihm wieder ein, warum sie überhaupt hier waren. »Verflixt, der Vampirzombie.«

Doch da war Justus schon an ihm vorbei und spähte hinaus auf den Gang. »Die Luft ist rein«, raunte er.

Sie verließen das Zimmer.

»Du meine Güte«, stöhnte Bob. »Beinahe hätte sie uns ertappt. Hat jemand was dagegen, wenn wir jetzt einfach zurück auf unser Zimmer gehen?«

»Ganz und gar nicht«, sagte Peter schnell. »Und bevor du etwas anderes sagen willst, Just – du bist überstimmt.« Er lief die Treppe hinunter, die Augen auf die Stufen gerichtet, um nicht zu stolpern. Als sein Blick auf die schwarzen Arbeitsstiefel fiel, war es längst zu spät.

Van Helsing knurrte, während Repta die drei Jungen düster anfunkelte. Er musste genau gesehen haben, aus welcher Tür sie gekommen waren. Es gab kein Entkommen.

Ärger

Der Hausmeister ballte die rechte Hand zur Faust und pochte drei Mal laut gegen die Tür zu Mr Shaws Schlafzimmer. Schlurfende Schritte waren zu hören. Einen Augenblick später öffnete ein verwirrter Mr Shaw, der offensichtlich gerade aus dem

Schlaf gerissen worden war, die Tür. Er schaute von Repta zu seinem Sohn zu Bob und Justus und Van Helsing und wieder zurück zu Repta.

»Ja, bitte? Was ist denn los? Ist etwas passiert?«

Repta redete wütend auf Rumänisch auf Mr Shaw ein und gestikulierte dabei wild.

Mr Shaw blinzelte. »Verzeihung, ich verstehe Sie nicht, Mr Repta.«

Das schien Repta nicht zu kümmern. »Sper să fie ultima dată«, sagte er mit einem letzten grimmigen Blick, zog Van Helsing hinter sich her und verschwand um die nächste Ecke.

»Peter, was geht hier vor sich?«, fragte Mr Shaw lauernd.

Der Zweite Detektiv senkte beschämt den Blick. »Wir … also, es ist so, wir waren … sozusagen …«

»Hör auf, herumzustammeln, Peter, und rede gefälligst vernünftig mit mir!«

»Wir waren im Zimmer der Gräfin«, brachte Peter hervor. »Weil wir vor dem Vampirzo–«

»Ihr wart wo?« Peters Vater war entsetzt. »Wieso treibt ihr euch überhaupt mitten in der Nacht im Schloss herum?«

»Wir wollten den Klopfgeräuschen, die Hank gehört hat, nachgehen«, verteidigte sich Peter.

»Das stimmt.« Bob nickte bekräftigend. »Da geht etwas nicht mit rechten Dingen zu.«

Mr Shaw schüttelte vorwurfsvoll den Kopf. »Heute sind es Klopfgeräusche und Vampire, morgen dann ein Poltergeist oder eine Toteninsel. Hatten wir uns nicht darauf geeinigt, dass der Detektivmodus diesmal ausgeschaltet bleibt?« Er sah scharf von einem zum anderen. »Dies ist ein Drehort und kein Spielplatz. Ihr seid hier, um ein Praktikum zu machen. Also benehmt euch auch so. Und jetzt ins Bett mit euch!«

Kurz darauf waren sie zurück in ihrem Zimmer. Peter war niedergeschlagen.

»Mach dir keinen Kopf«, sagte Bob mitfühlend. »Dein Dad beruhigt sich schon wieder.«

»Hoffen wir's«, murmelte der Zweite Detektiv und warf sich mit dem Gesicht voran aufs Bett. Er war erschöpft und frustriert und wollte seine Ruhe.

Justus hingegen wanderte langsam im Raum auf und ab und knetete dabei seine Unterlippe.

»Ein verschwundener Junge, unerklärliche Klopfgeräusche in der Nacht und eine Bedienstete, die glaubt, dass Vlad Drăculea wiederauferstanden sei. Das klingt alles äußerst vielversprechend.«

»Vergiss den Vampirzombie nicht«, sagte Bob. »Diese Schattengestalt mit dem riesigen Kopf kann ich mir ebenfalls nicht erklären.«

»Sehr richtig, Bob. Ich bin mir zwar sicher, dass es für all das eine logische Erklärung gibt, aber solange wir die nicht kennen, sind weitere Ermittlungen unabdingbar. Oder um es kurz zu sagen: Wir haben einen neuen Fall.«

Peter sprang vom Bett auf und stellte Justus zur Rede. »Sag mal, spinnst du?«

»Peter, beruhig dich«, versuchte Bob zu schlichten, aber Peter hörte ihm gar nicht zu.

»Du hast meinen Dad doch gerade gehört. Ich habe keine Lust, noch mehr Ärger zu bekommen, nur weil du wieder irgendwelche Verschwörungen witterst.«

»Von Verschwörungen war nie die Rede«, stellte Justus sachlich klar. »Mir sind lediglich eine Reihe von ungewöhnlichen Ereignissen aufgefallen, die die Vermutung nahelegen, dass hier etwas nicht mit rechten Dingen zugeht, weshalb es von Vorteil wäre, eventuellen ursächlichen Zusammenhängen auf den Grund zu gehen, um möglichen –«

Peter hob drohend den Zeigefinger und brachte Justus damit zum Schweigen. »Geh mir nicht auf die Nerven, Just! Du hast meinen Dad gehört. Wir sind hier für ein Praktikum. Ende.« Er warf sich wieder aufs Bett, kehrte den anderen den Rücken zu und löschte das Licht.

Justus zuckte lediglich mit den Schultern und betrachtete in aller Ruhe die Fotos auf seinem Handy, die er von den Zeichnungen im Buch der Gräfin gemacht hatte. Jemand hatte einen zylinderförmigen Apparat aus verschiedenen Perspektiven skizziert. Der Apparat sah aus wie eine Mischung aus einem Weinfass und einem Heizkessel, aus dem ein Ofenrohr ragte, doch Justus hatte keine Ahnung, was genau er da betrachtete. »Ein weiteres Rätsel«, murmelte er gerade laut genug, dass Bob und Peter es noch hören konnten.

Am nächsten Tag war der Streit zwischen den drei Detektiven noch nicht vergessen, aber Peters Ärger hatte sich ein wenig verflüchtigt. Vielleicht lag es daran, dass sie heute eine spaßigere

Aufgabe hatten, als literweise Kunstblut herzustellen oder Särge abzuschleifen: Sie durften gemeinsam mit Hank den Bat-Bot ausprobieren.

Hank war aufgeregt wie ein kleines Kind vor Weihnachten. Bis in die Nacht hatte er letzte Verbesserungen an dem Flugroboter vorgenommen.

Die Luft war klar und windstill, als sie gemeinsam das Schloss verließen. Der Burggraben, über den die mächtige Brücke führte, war zwar breit und tief, führte aber kein Wasser. Die Senke war eine große Wiese, an die sich der Garten anschloss. Der ideale Ort für einen Testflug.

»Dann wollen wir mal«, sagte Hank, schaltete den Bat-Bot und die Fernsteuerung ein und ließ die künstliche Fledermaus mit den Flügeln schlagen.

»Sie hebt ab!«, rief Bob begeistert, während er den ersten Flugversuch mit seiner Action-Cam filmte.

Der Bat-Bot flatterte etwas wackelig, so als hätte die Fledermaus gerade erst fliegen gelernt. In Wirklichkeit war es natürlich Hank, der mit der Steuerung noch nicht ganz vertraut war. Doch mit der Zeit klappte es immer besser und er ließ die Drohne große Schleifen und enge Kurven fliegen.

»Pass auf, direkt hinter der Mauer liegt der See«, warnte Peter. »Ich glaube nicht, dass Fledermäuse schwimmen können. Wenn das Ding versinkt, ist es weg. Der See ist nämlich tief, ich habe ihn mir gestern angesehen.«

»Danke für die Warnung«, sagte Hank und lenkte die Drohne in einem weiten Bogen aus der Gefahrenzone. »Und jetzt ein Sturzflug«, murmelte er. Der Bat-Bot legte die Flügel an und stürzte in die Tiefe – genau auf die drei ??? zu. Erst in letzter Sekunde fing Hank den Sturz ab und ließ die künstliche Fledermaus über die Köpfe der Jungen hinwegsausen.

»Sorry, Jungs!«, rief Hank.

Bob, der sich auf den Boden geworfen hatte, rappelte sich wieder hoch und klopfte den Dreck von seiner Hose. »Dein Vater sollte uns einen Risikozuschlag zahlen, Peter. Das ist ja lebensgefährlich hier.«

»Hier rennt ein Vampirzombie rum und du machst dir Sorgen wegen einer Fledermausdrohne?«

»Um die tatsächliche Gefahr, die von deinem sogenannten *Vampirzombie* ausgeht, realistisch einschätzen zu können, sollten wir dringend weiter ermitteln«, meinte Justus. »Schritt eins: Wir müssen mehr über das Schloss und seine Geschichte herausfinden.«

Bob nickte. »Die Frage ist nur, wie. Wir sitzen hier mitten im Nirgendwo fest. Hier gibt es ja nicht einmal einen Bus, der uns in die nächste Stadt bringen könnte.«

»Jetzt fangt ihr schon wieder damit an«, sagte Peter. »Ich fasse es nicht.«

Bob schaute zum Bat-Bot hoch. »Wisst ihr was, wir sollten versuchen, meine Action-Cam am Bot zu befestigen. Das gibt bestimmt coole Aufnahmen. Meinst du, das geht, Hank?«

»Wenn sie nicht zu schwer ist – klar.«

Plötzlich sah Bob, wie sich jemand hinter einem der Burgfenster bewegte. Es war Gräfin Codrina. Sie schaute zu ihnen hinunter.

»Da oben steht die Hausherrin und beobachtet uns«, raunte Bob dem Ersten Detektiv zu. »Nicht hinsehen! Meinst du, Repta hat ihr etwas von gestern Nacht verraten?«

»Schwer zu beurtei–«

»Achtung!«, rief Peter und zeigte in die Luft.

Bob und Justus zogen instinktiv die Köpfe ein, doch die Warnung hatte Hank gegolten, der gerade ein waghalsiges Flugmanöver unternommen hatte. Jetzt sauste die Drohne genau auf die Mauer des Burggrabens zu. Hank konnte sie gerade noch hochziehen, doch dann geriet sie ins Trudeln wie ein trockenes Blatt und er verlor die Kontrolle. Hinter der Mauer verschwand der Bat-Bot aus ihrem Sichtfeld. Sie hörten Reifenquietschen.

»Oh, nein«, murmelte Hank und lief los. Die drei ??? folgten ihm.

Als sie die Straße erreichten, schaute Bob noch einmal zum Fenster. Die Gräfin war verschwunden.

Vor der Einfahrt zur Brücke stand ein alter Dacia. Eine junge Frau kniete vor der Motorhaube und hob gerade die Drohne auf, die ihr anscheinend vor den Wagen geknallt war.

»Sorry!«, rief Hank schon von Weitem. »Das waren wir.«

»Ist Ihnen was passiert?«, fragte Peter besorgt.

Die Frau mit den langen braunen Haaren stand auf und hielt die Drohne mit spitzen Fingern an einem Flügel. »Mir nicht. Aber meinem Scheinwerfer. Und der Fledermaus. Ich dachte erst, die wäre echt.«

Hank nahm den Bat-Bot entgegen und untersuchte sofort den angebrochenen Flügel, während Bob zum Wagen ging und hilfsbereit die Scherben des Scheinwerfers aufsammelte. Als er sie der Fahrerin reichen wollte, erkannte er sie.

»Sind Sie Luciana Ionescu?«

Alle sahen ihn fragend an. »Ihr kennt euch schon?«, vermutete Hank.

Die junge Frau schüttelte den Kopf und lächelte irritiert. »Nicht dass ich wüsste.«

»Sie sind Historikerin und Expertin für Transsilvanien und Vlad Drăculea«, sagte Bob ehrfurchtsvoll. »Ich habe Ihr Buch gelesen. *Transsilvanien – Fakten und Legenden*. Das war wirklich, ähm, sehr informativ und spannend.«

»Luciana ist unsere historische Beraterin«, erklärte Hank. »Damit wir keinen Unsinn erzählen in unserem Film.«

Sie nickte geschmeichelt. »Und ihr seid …?«

»Justus Jonas, Peter Shaw und Bob Andrews«, stellte Justus sie vor.

Verlegen reichte Bob ihr die Scheinwerferscherben. »Tut uns wirklich leid.«

Sie winkte ab. »Halb so wild.«

»Wenn du mir eine halbe Stunde gibst, repariere ich dir das schnell«, bot Hank an.

Sie schaute auf die Uhr. »Wie wäre es mit zehn Minuten? Ich habe nämlich einen Termin in der Stadt. Ich treffe mich mit dem Museumsdirektor wegen des Medaillons.«

»Ah, das Medaillon«, sagte Hank. »Ich habe schon davon gehört.«

Justus wurde hellhörig. »Sie fahren in die Stadt?« Ein Grinsen schlich sich auf sein Gesicht. »Das trifft sich ja gut.«

Der verschwundene Bruder

Fünfzehn Minuten später rollte der Dacia mit einem provisorisch geflickten Scheinwerfer über die einsame Landstraße. Am Steuer saßen Luciana Ionescu und neben ihr auf dem Beifahrersitz Bob, der sich die schweißnassen Hände an der Hose rieb.

Er war ein bisschen aufgeregt. Das Transsilvanien-Buch hatte er wirklich gern gelesen. Und plötzlich saß er neben der Autorin persönlich. Eigentlich hatte er tausend Fragen an sie, aber seit Justus' überfallartigem Vorschlag, Luciana könnte Bob doch mit in die Stadt nehmen, brachte er kein Wort mehr heraus.

»Dein Freund Justus ist ja nicht auf den Kopf gefallen«, sagte Luciana, als hätte sie seine Gedanken gelesen. »Er hat gleich die günstige Gelegenheit genutzt.«

»Ja, das ist typisch Justus«, bestätigte Bob. »Er fackelt nicht lange.«

»Ich werde in einer Stunde wieder zurück zum Schloss fahren«, kündigte Luciana an. »Reicht dir das?«

Bob nickte. »Was ist denn das für ein Termin mit dem Museumsdirektor? Sie haben vorhin ein Medaillon erwähnt. Hat das etwas mit dem Film zu tun?«

Sie nickte. »Ich weiß aber nicht, ob ich es dir verraten darf. Es ist eine Art Überraschung, an der Annabeth und ich gerade arbeiten. Vielleicht klappt es auch nicht. Wir werden sehen. Wenn es so weit ist, wirst du es erfahren.«

Sie erreichten das Städtchen. Bob fiel sofort auf, dass hier alles viel kleiner war als zu Hause in Kalifornien. Die Bürgersteige, die Autos, die Häuser – er kam sich vor wie in einem Zwergenland. Der Dacia rumpelte über alte Kopfsteinpflasterstraßen, die Bob viel zu eng vorkamen, und blieb vor der Stadtbücherei stehen. Bob bedankte sich bei Luciana, stieg aus und betrachtete missmutig das baufällige Haus. »Das kann ja was werden«, murmelte er und trat durch die Tür.

Drinnen wurde er jedoch positiv überrascht. Zwar roch es nach alten Büchern und Linoleumfußboden, aber die beiden Computer, die den Besuchern zur Verfügung standen, waren nagelneu und schnell. Da er ohnehin kein Rumänisch verstand, versuchte Bob es gar nicht erst bei den Geschichtsbüchern, sondern machte sich gleich an die Internetrecherche. Für die rumänischen Treffer gab es eine Übersetzungsfunktion.

Bald hatte Bob eine sehr informative Seite über die Geschichte des Schlosses und der Familie Kretzulesco gefunden. Zunächst wollte er etwas über den verschwundenen Alexandru herausfinden. Er musste nicht lange suchen.

In einem Artikel wurde bestätigt, was Justus bereits vermutet hatte: Alexandru Kretzulesco war der Bruder der Gräfin Codrina Ekaterina Kretzulesco und er war im Alter von dreizehn Jahren spurlos verschwunden. Damals hatten einige Zeitungen versucht, sich gegenseitig mit aberwitzigen Mutmaßungen zu überbieten. *Adelsspross geraubt von Vlad?* lautete eine Überschrift. Dem Aberglauben, dass Vlad Drăculea von den Toten auferstehen könnte, war also nicht nur die Hausmagd Bianca erlegen. Auch vor über sechzig Jahren hatten bereits solche Geschichten die Runde gemacht. Außerdem war von einem Schatz die Rede, den Vlad angeblich irgendwo versteckt hatte.

Das nächste interessante Stichwort, das Bob fand, war *Mostenirea Dragonului*, was übersetzt *Bruderschaft Erbe des Drachen* bedeutete.

»Eine geheimnisvolle Bruderschaft?«, murmelte Bob und machte sich eifrig Notizen.

Die Bruderschaft hatte sich an einem geheimen Ort auf Schloss Piatră getroffen, einer unterirdischen Krypta. Bob stutzte. Von einer Krypta hatte er bislang noch nichts gehört. Im Gegenteil: Im Rittersaal waren die Mitglieder des Filmteams seit gestern damit beschäftigt, einen Raum zu erschaffen, der wie eine Krypta aussah. Wenn es auf Piatră eine echte Krypta gab, warum hatte Annabeth die Dreharbeiten nicht dorthin verlegt?

Bob sah auf die Uhr. Verflixt, er hatte nur noch fünf Minuten, bis Luciana ihn wieder abholte. Eilig räumte er seine Notizen zusammen, verließ den Computerraum und ging zur Ausleihe, wo eine junge Bibliothekarin gerade in einem Buch las. Lächelnd blickte sie auf.

In dieser Sekunde fiel Bob wieder ein, dass er kein Wort Rumänisch sprach. »Äh, Verzeihung, ich suche einen Grundriss von Schloss Piatră.«

Die Bibliothekarin sah ihn fragend an.

»Grundriss«, wiederholte Bob, obwohl er wusste, dass ihn das nicht weiterbringen würde. »Äh, uno momento. Einen Plan. Von Piatră. Un … plan?«

Die Bibliothekarin hob bedauernd die Schultern. Sie verstand nicht, was Bob von ihr wollte.

Der Blick des dritten Detektivs fiel auf eine gerahmte Landkarte an der Wand. »Un plan«, wiederholte er und zeigte auf die Karte. »Von Piatră.«

Das Gesicht der jungen Frau erhellte sich. »Ah! Un plan al castelului Piatră! Ai nevoie de un plan al castelului Piatră?«

»Oui, oui, äh, si, si!«, bestätigte Bob. »Plan! Grundriss!«

Stolz und froh, Bob verstanden zu haben und ihm helfen zu können, wandte sich die junge Frau sogleich dem Computer zu. Ihre Finger flogen über die Tastatur. Sie drehte den Bildschirm in Bobs Richtung. Ein Gebäudegrundriss war zu sehen, offensichtlich der Scan einer alten Zeichnung. *Castelul Piatră* stand in geschwungener Schrift darüber. Bob überflog den Plan und fand schnell, was er suchte: Einer der Räume war bezeichnet mit dem Wort *Criptă*.

Bob nickte aufgeregt. »Si, si. Einmal ausdrucken, bitte. Äh … printo … drucko …«

Zum Glück hatte die Bibliothekarin ihn sofort verstanden. Einen Augenblick später surrte der Drucker.

»Möchtest du?«, fragte Luciana, nachdem Bob eingestiegen und sie losgefahren waren. Sie hielt ihm eine Papiertüte hin, in dem sich rundes, fettig aussehendes Gebäck befand.

»Donuts, lecker«, sagte Bob und griff zu.

»Bei uns heißen die Gogoși«, klärte Luciana ihn auf und nahm sich auch einen.

»Schmeckt wirklich gut, der Gogoși«, sagte Bob nach dem ersten Bissen.

»Gogoașă«, korrigierte sie lachend. »Eine Gogoașă, zwei Gogoși. Warst du erfolgreich?«

Bob nickte, während er kauend in seinen Aufzeichnungen blätterte.

»Worum ging es denn?«

»Ein Schulprojekt«, sagte Bob ausweichend. Das war seine Standardantwort, wenn Erwachsene wissen wollten, warum er wichtige Informationen sammelte, die er eigentlich für ihre Ermittlungen benötigte. Damit gaben sich immer alle schnell zufrieden und waren auch gleich viel hilfsbereiter. »Ich schreibe eine Arbeit über Schloss Piatră. Sie kennen sich damit doch ganz gut aus, oder?«

Luciana lächelte. »Könnte man sagen. Wenn ich behilflich sein kann …«

»Haben Sie schon mal etwas von Vlads Schatz gehört?«, fragte Bob geradeheraus. »Ich bin gerade zufällig darüber gestolpert.«

»Vlads Schatz«, wiederholte Luciana und schaute einen Moment aus dem Fenster, wo man gerade in ein weites Tal auf die dunklen Wälder Transsilvaniens hinabsehen konnte. Sie biss erneut in ihre Gogoașă. »Ja, davon habe ich schon gehört. Der Schatz ist eine Legende. Am verbreitetsten ist die Version, dass es sich dabei um den blutroten Rubin handelt, den Vlad Drăculea stets bei sich trug. Er war in einen Stern aus Gold eingefasst, der als Kopfschmuck an seiner Mütze befestigt war. Auf vielen zeitgenössischen Porträts von Vlad ist dieser Rubinstern zu sehen, auch auf dem, das im Schloss hängt, vielleicht hast du es schon gesehen.«

Bob nickte.

»Vlad soll den Stein während seiner letzten Kreuzzüge getragen haben. Der Legende nach hat dieser Rubin ihn unbesiegbar gemacht. Angeblich hatte er ja eine Geliebte auf Schloss Piatră, Elisabeta, die Tochter des Schlossherrn. Ihr soll er den Rubin gegeben haben, damit ihr kein Unglück widerfährt. Das Unglück ereilte dann allerdings ihn selbst. Kaum hatte er den

Rubin nicht mehr bei sich, wurde er nach einer verlorenen Schlacht ermordet. Ihm wurde der Kopf abgeschlagen.«

»Gruselig«, sagte Bob.

»Nach Vlads Tod begaben sich unzählige Leute auf die Suche nach dem Rubin. Bis heute ist er jedoch nicht gefunden worden.«

»Glauben Sie, dass es ihn wirklich gibt?«

Luciana dachte nach. »Ja und nein«, sagte sie schließlich. »Es gab diesen Stein bestimmt, aber er ist garantiert in den Kriegswirren von irgendjemandem erbeutet worden. Dass er ihn Elisabeta schenkte und der Stein deshalb heute noch irgendwo versteckt ist, das halte ich für eine schöne Gute-Nacht-Geschichte. Genau das war es nämlich für mich. Mein eigener Großvater hat mir oft von diesem Schatz erzählt. Als Kind hat mich das fasziniert. Vielleicht bin ich deshalb Historikerin geworden.«

Bob nickte nachdenklich und blätterte wieder in seinen Notizen. »Ich bin auch noch auf eine Bruderschaft gestoßen, die sich *Erbe des Drachen* nennt.«

»Da hast du aber ganz schön viel zutage gefördert«, sagte Luciana anerkennend. »Diese Bruderschaft hat sich vor fast hundert Jahren gegründet. Sie war dem Drachenorden nachempfunden, für den im Mittelalter bereits Vlad Drăculea und sein Vater gekämpft hatten. Die Mitglieder haben Vlad Drăculea geradezu fanatisch verehrt. Daher der Name *Erbe des Drachen*. Es war eine sehr verschworene Gemeinschaft, zu der nicht jeder Zutritt hatte. Es gab strenge Regeln und Aufnahmerituale.«

Bob schaute noch einmal in seine Notizen. »Gegründet wurde die Bruderschaft von Georghe Popes… Popescu und Sorin Kretzulesco, stimmt das? Kretzulesco, so heißt doch auch die Gräfin.«

»Sorin Kretzulesco war ihr Vater«, bestätigte Luciana. »Er und Popescu nannten sich die Barone der Bruderschaft. Sie waren auch diejenigen, die all die Regeln erfanden.« Lucianas Gesicht verdüsterte sich. »Und die grausamen Rituale. Aber davon erzähle ich dir heute nichts mehr, sonst bekommen deine Mitschüler noch Angst, wenn du ihnen deinen Vortrag an der Schule hältst.«

»Die können ruhig Angst bekommen«, sagte Bob. Er wollte mehr erfahren. »Was waren das für Rituale?«

»Du willst es wirklich wissen?«

Er nickte.

Luciana lenkte den Dacia um eine Kurve und bremste. Sie standen vor einer Herde Schafe, die gerade von einem Schäfer über die Straße getrieben wurde. Der Schäfer grüßte freundlich, ließ sich und seinen Schafen aber alle Zeit der Welt.

»Um in die Bruderschaft aufgenommen zu werden, wurde man eine Nacht lang in die Krypta eingesperrt«, sagte Luciana.

»Krypta?«, fragte Bob und tat so, als hätte er noch nie davon gehört.

»Ein unterirdischer Altarraum, der manchmal auch als Grabstätte dient. Zu Vlads Zeiten und auch noch danach wurden in der Krypta von Schloss Piatră die Mitglieder der Adelsfamilie bestattet. Es war außerdem der Ort, an dem Vlad und Elisabeta sich heimlich trafen. Der Ort, an dem er ihr seine ewige Treue schwor und ihr schließlich den Rubin gab, bevor er in die Schlacht aufbrach, die seine letzte werden sollte. Der Legende nach, versteht sich.«

»Klar.«

»Die Krypta war wegen ihrer Verbindung zu Vlad der perfekte Ort für ein solches Aufnahmeritual. Auch Alexandru Kretzulesco wurde dort eingesperrt. Sein Vater Sorin hatte entschieden, dass Alexandru der nächste Baron der Bruderschaft werden sollte. Er war gerade dreizehn, als das Aufnahmeritual stattfand. Bei Sonnenuntergang wurde er in die Krypta gesperrt. Und bei Sonnenaufgang … war er verschwunden.«

Rumänische Tradition

»Was meinst du damit – verschwunden?«, fragte Peter so beiläufig wie möglich.

»Damit meine ich nicht auffindbar. Weg. Verschwunden eben. Spurlos.«

Bei Bobs Rückkehr auf das Schloss waren Justus und Peter damit beschäftigt gewesen, Möbel aus dem Rittersaal hinauszutragen und in einen benachbarten Raum zu verfrachten. Bob hatte daher noch keine Gelegenheit gehabt, von seinen Rechercheergebnissen zu berichten. Doch nun waren sie endlich auf ihrem Zimmer. Bob breitete seine Notizen und Ausdrucke auf dem Boden aus und hockte sich zusammen mit Justus im Schneidersitz auf den Perserteppich.

Peter hatte sich vorgenommen, sein Desinteresse an ihrem Fall zu bekunden, indem er auf dem Bett liegen blieb und mit einem Tennisball spielte. In Wirklichkeit war er aber neugierig und wollte trotzdem wissen, was Bob zu erzählen hatte.

»In den Zeitungsartikeln ist nur die Rede davon gewesen, dass Alexandru zuletzt in der Krypta gesehen wurde«, fuhr

Bob fort. »Warum und wieso, das hat mir erst Luciana erzählt.«

»Kein Wunder«, meinte Justus. »Ein Vater sperrt seinen eigenen Sohn eine ganze Nacht lang in eine stockfinstere Krypta, als bizarres Aufnahmeritual für eine ebenso bizarre Bruderschaft, die einen brutalen Kriegsherrn verehrt. Das hätte auch damals schon für einen Skandal gesorgt. Daher hat sich die Familie Kretzulesco sicherlich bedeckt gehalten und der Polizei nicht alles verraten. Dennoch – die Behörden wurden natürlich informiert, nachdem der dreizehnjährige Alexandru unauffindbar blieb.«

»Er wurde überall gesucht, aber ohne Erfolg. Natürlich kamen schnell Gerüchte auf und machten die Runde – nämlich, dass Vlad den Jungen geholt hätte.«

»Der Vampirzombie«, murmelte Peter.

»Hatten wir uns nicht darauf verständigt, dass es keine Vampirzombies gibt?«, fragte Justus.

»Dann war es vielleicht Repta.«

»Sei nicht albern, Peter«, sagte Justus vorwurfsvoll. »Das Ganze ist über sechzig Jahre her. Damals war Repta noch im Kindergarten.«

Bevor Peter etwas Bissiges erwidern konnte und es schon wieder schlechte Stimmung gab, sagte Bob schnell: »Jedenfalls wurde daraufhin der Eingang zur Krypta zugemauert. Anscheinend hatte auch die Familie Kretzulesco Angst vor weiteren Heimsuchungen. Aber ich habe die Krypta auf einem alten Grundriss des Schlosses gefunden.« Bob breitete die Ausdrucke aus.

»Sehr gute Arbeit, Bob«, sagte Justus anerkennend und vertiefte sich sofort in den Plan.

»Wenn mich nicht alles täuscht, lag der Eingang zur Krypta genau hier«, sagte Bob. »Zwischen dem Westflügel und dem Gang, in dem wir gestern die Klopfgeräusche gehört haben.«

»Überaus aufschlussreich«, fand Justus. »Vielleicht gelingt es uns, den genauen Ort ausfindig zu machen.«

Nun richtete sich Peter in seinem Bett auf. »Sag mal, geht's noch? Ein verschwundener Junge, Klopfgeräusche, die aus einer verschollenen Krypta kommen – seht ihr den Zusammenhang nicht oder wollt ihr ihn nicht sehen? Es ist doch ganz klar, was da vor sich geht. Vlad will aus der Krypta raus und sich ein neues Opfer holen. Bianca, die Hausmagd, hat das sofort kapiert und ist rechtzeitig abgehauen. Was kapierst *du* daran nicht, Justus?«

Der Erste Detektiv seufzte. »Peter, die Irrationalität deiner Argumentation ist manchmal bestürzend. Vlad ist seit über fünfhundert Jahren tot. Deshalb erscheint mir eine andere Schlussfolgerung weitaus logischer: Was wäre, wenn niemand aus der Krypta herausmöchte – sondern hinein?«

»Hinein?«, wiederholte Peter. »Warum sollte man das freiwillig wollen?«

»Um Vlads Schatz zu finden?«, überlegte Bob.

»Genau das gilt es herauszufinden.« Die Augen des Ersten Detektivs blitzten vor Tatendrang. »Wir müssen heute Abend in den Gang.«

»Ist das dein Ernst?« Peter war aufgebracht. »Hier ist ein

Junge spurlos verschwunden. Wenn wir nicht aufpassen, sind wir womöglich die Nächsten!«

»Niemand verschwindet spurlos«, widersprach Justus. »Und als Detektive ist es unsere Pflicht, diesem Rätsel nachzugehen.«

»Unsere Pflicht ist es, meinem Dad zu helfen«, widersprach Peter. »Deswegen sind wir hier.«

Justus hob zu einer Antwort an, doch in diesem Augenblick klopfte es an der Tür.

»Dem Vampirzombie sei Dank«, murmelte Bob und stand auf. »Ist ja manchmal nicht auszuhalten mit euch.« Er öffnete die Tür.

Draußen stand Timeo und nickte den dreien freundlich zu. Er schob einen altmodischen Servierwagen vor sich her, auf dem sich eine Teekanne und eine Reihe von Tassen be-

fanden. Drei davon waren bereits gefüllt und standen auf einem kleinen Tablett. Timeo reichte es dem verdutzten Bob. »Gentlemen, ein kleiner Gruß aus der Küche. Weil morgen Drehstart ist. Eine alte Tradition in Rumänien. Lasst es euch schmecken.«

»Danke. Sehr nett von Ihnen.«

Timeo zwinkerte ihnen zu und schob mit dem Wagen weiter zum nächsten Zimmer.

»Es ist eine rumänische Tradition, zum Start eines Filmdrehs Tee zu servieren?« Peter hob fragend eine Augenbraue.

»So hat er das bestimmt nicht gemeint«, sagte Bob, während er Peter und Justus je eine Tasse reichte, die mit dem Familienwappen der Kretzulescos verziert war. Er war dankbar für Timeos überraschenden Besuch. Erstens hatte es das ewige Hin und Her zwischen Justus und Peter unterbrochen. Und außerdem wusste er jetzt, wie er selbst sich zur Frage, ob sie den Eingang zur Krypta suchen sollten oder nicht, verhalten wollte. »Der Drehstart war ein gutes Stichwort«, sagte Bob. »Wer weiß, was morgen alles auf uns zukommt. Wir sollten auf jeden Fall ausgeschlafen sein und uns deshalb nicht die Nacht in irgendeinem zugigen Gang um die Ohren schlagen. Die Krypta läuft uns schließlich nicht weg.«

»Einverstanden«, sagte Peter, bevor Justus auch nur Luft holen konnte. Er grinste den Ersten Detektiv an. »Überstimmt.« Genüsslich nahm er einen großen Schluck Tee.

Bob war erleichtert, dass die Diskussion damit ein Ende gefunden hatte. Den Tee fand er nur halb lecker, aber wegschütten wollte er ihn auch nicht.

Justus wiederum stellte den Tee nach nur einem kleinen Schluck beiseite. Weniger, weil er ihn nicht mochte, sondern weil er mit seinen Gedanken schon ganz woanders war. Bob und Peter wollten bei der erneuten Observierung des Ganges also nicht mitmachen – schön. Dann machte er eben seine eigenen Pläne.

Zwei Stunden später war Ruhe auf dem Schloss eingekehrt. Peter und Bob schliefen tief und fest. Draußen auf dem Gang waren vor einer halben Stunde die letzten Schritte in die Waschräume verklungen. Justus war ziemlich sicher, dass inzwischen niemand mehr wach war – außer jenen, die eine Mission hatten. So wie er.

Er schlug die Bettdecke zurück und stand vorsichtig auf, damit die Federkernmatratze nicht quietschte. Dann zog er sich einen warmen Pulli über und ein extra Paar Socken und schlich zu Bobs Reisetasche, die offen neben seinem Bett lag. Zwischen Bobs Kulturbeutel und einer kleinen Musikbox fand Justus, was er suchte: die Action-Cam.

Bevor er aufbrach, griff Justus noch einmal zu seiner Wasserflasche, doch die war leer. Also trank er stattdessen den kalten Tee und ging leise aus dem Zimmer.

Wie erwartet, trieb sich niemand mehr auf den Gängen herum. Im schwachen Schein der Nachtbeleuchtung machte er sich auf den Weg in Richtung Westflügel. Diesmal verlief er sich kein einziges Mal. So langsam fand er sich im Schloss zurecht.

In dem Gang, in dem sie die Klopfgeräusche gehört hatten, war alles still. Justus suchte die Wand ab. Die Mauersteine waren nahtlos verfugt. An keiner einzigen Stelle sah es so aus, als wäre nachträglich ein Eingang zugemauert worden. Gewissenhaft klopfte er die Wand ab. Nirgendwo klang es hohl. Enttäuscht gab er auf. So einfach war es also nicht, eine vergessene Krypta zu finden.

Wie in der vorigen Nacht bezog Justus Stellung unter dem Tisch. Für ihn allein war ausreichend Platz. Mit seinem Handy stellte er eine Verbindung zur Action-Cam her und platzierte sie außerhalb seines Tischtuch-Verstecks, sodass sie den Gang aufnahm. Nun hieß es warten.

Eine Müdigkeitswelle rollte heran. Justus schüttelte sie verärgert ab. Doch nicht jetzt! Er holte ein paar Mal tief Luft. Schlafen konnte er später.

Wenig später fuhr er hoch, weil ihm der Kopf in den Nacken gefallen war. War er etwa eingenickt? Ein Blick auf die Uhr verriet: Ja, war er. Etwa fünf Minuten lang. Das durfte nicht noch mal passieren. Er setzte sich anders hin und zwang sich, die Augen offen zu halten. Er musste an Peters *Wonderland*-Streichhölzer denken. Wenn er sie jetzt dabeihätte, würde er versuchen, sie sich wie eine Comicfigur zwischen die Augenlider zu klemmen, damit sie nicht zufielen. Wie hieß noch mal dieser Cartoon mit der Katze, dem Vogel und dem Hund?

Justus schüttelte sich. Er fing schon wieder an zu träumen. Katze, Vogel, Hund. Er musste bei der Sache bleiben! Er war doch erst seit einer halben Stunde hier und die Nacht war noch lang. Morgen früh konnte er sich ausruhen. Nicht jetzt. Jetzt brauchte er Streichhölzer.

Katze, Vogel, Hund.

Streichhölzer …

Als Justus Jonas in sich zusammensackte, stieß er mit seinem Fuß die Kamera um. Doch selbst davon wurde er nicht mehr wach.

Vergiftet

Das Schlafzimmer war von flackernden Kerzen beleuchtet, die in vielarmigen Leuchtern aus Messing steckten. Die bestickten Brokatvorhänge des Himmelbetts schimmerten golden. Auf dem blütenweißen Kissen lag Elisabetas Kopf, umrahmt von ihren langen goldenen Locken. Ihre Augen waren angsterfüllt. Panisch wich sie immer weiter zurück vor der dunklen Gestalt im schwarzen Umhang, die sich über sie beugte.

Der Mann streckte seine klauenartigen Hände nach Elisabeta aus, seine Lippen öffneten sich und entblößten lange, spitze Eckzähne. Die tief liegenden Augen im bleichen Gesicht waren die eines Tieres. Ein Vampir! Elisabetas Mund öffnete sich zu einem Schrei, aber die Panik schnürte ihr die Kehle zu.

»Hör genau hin«, raunte der Vampir. Seine Stimme war wie das Knurren eines wilden Wolfs. »Die Kinder der Nacht, welch … welch …« Der Vampir stockte.

Die schöne Elisabeta bewegte kaum die Lippen, als sie flüsterte: »Welch Musik sie spielen.«

»Verdammt!«, presste der Vampir hervor, wandte sich ruckartig von Elisabeta ab und ballte die Fäuste.

»Cut!«, rief Annabeth Parker und die Spannung wich aus Elisabetas Körper. Auch die Filmcrew entspannte sich. Der Mann mit der Tonangel ließ das an einem Stab befestigte Mikrofon sinken. Die Kamera fuhr zurück auf die Ausgangsposition.

»Alles noch mal auf Anfang«, bat Annabeth und zog sich die Kopfhörer von den Ohren, mit denen sie den Filmton überwacht hatte. Sie wandte sich Steven Yates zu, der in dem Vampirkostüm steckte. »Alles in Ordnung, Steven?«

»Ja, ja. Es ist nur dieser verfluchte Text. Und unter dieser ganzen Schminke schwitze ich wie … Hier sind viel zu viele Leute im Raum. Die atmen mir die Luft weg.« Finster schaute

er hinüber zu Peter und Bob, die die Dreharbeiten vom anderen Ende des Rittersaals aus beobachtet hatten.

»Wir machen fünf Minuten Pause«, rief Annabeth dem Team zu. »Und Henry, kann ich noch ein bisschen mehr Nebel haben? Ist ja schließlich eine Traumsequenz.«

»Läuft ja nicht so gut für Yates«, raunte Peter. »Das war jetzt schon der dritte Versuch, den er vergeigt hat.«

»Vielleicht machen wir ihn nervös«, überlegte Bob. »Oder er muss sich noch in seine Rolle reinfinden.«

»Ja, genau. Reinfinden in Dracula. Ich kann dir sagen, was sein Problem ist: Er ist eine Niete im Auswendiglernen. Kann ich nachvollziehen. Meine Spanischvokabeln bleiben auch immer nur zehn Sekunden lang in meinem Kopf. Aber ich bin ja auch kein Schauspieler.«

»Komm, wir machen weiter mit dem Leuchtwasser. Ich muss die Szene auch nicht unbedingt ein viertes Mal sehen. *Ich* kenne den Text nämlich inzwischen.«

Für heute hatten sie den Auftrag bekommen, mithilfe von fluoreszierendem Pulver leuchtendes Wasser herzustellen und in verschiedene gläserne Ampullen, Kolben und Reagenzgläser zu füllen. Sie wurden für die nächste Szene als Hintergrunddekoration benötigt und sollten laut Hank in unterschiedlicher Intensität leuchten. Immer wieder richteten Bob und Peter eine UV-Licht-Taschenlampe auf die Glasgefäße, um den Leuchtgrad zu überprüfen.

Währenddessen ließ Peter seinen Blick durch den Saal schweifen. Die Filmleute waren damit beschäftigt, Bettys Haar wiederherzurichten, die Bettdecke glatt zu ziehen und Steven

Yates seinen Schweiß vom Gesicht zu tupfen. Peters Vater warf die Nebelmaschine an und verteilte gemeinsam mit Hank den Nebel mithilfe von großen Fächern aus Pappe.

Nur einer fehlte.

»Wo Justus nur steckt?«

»Er muss jede Sekunde auftauchen«, meinte Bob. »Immerhin war er heute früh vor uns aus dem Bett.«

»Oder er war gar nicht erst drin«, murmelte Peter argwöhnisch.

Ein lautes Niesen hallte durch den Saal. Steven Yates wedelte in der Luft herum. »Nicht so viel Nebel«, brüllte Yates. »Ich habe doch gesagt, dass ich gegen dieses Zeug allergisch bin.« Er sprang von seinem Klappstuhl auf und stürmte wütend los.

»Steven …?«, rief Annabeth ihm hinter. »Wir sind gleich so weit.«

»Man wird ja wohl noch aufs Klo gehen dürfen«, antwortete er wütend und rauschte an Peter und Bob vorbei zum Ausgang. Dort stieß er beinahe mit Justus zusammen, der in dieser Sekunde den Saal betrat. »Diese verdammten Kinder am Set. Aus dem Weg!«, herrschte Yates ihn an und rannte ihn beinahe um.

Kopfschüttelnd sah Justus ihm nach, bevor er zu Bob und Peter an den Arbeitstisch kam. »Da ist heute wohl jemand mit dem falschen Fuß aus dem Sarg aufgestanden.«

»Zumindest war er pünktlich«, sagte Peter. »Wo hast du gesteckt?« Er blickte an Justus hinunter, der ein leicht zerknautschtes Bild abgab. Sein Haar sah aus, als wäre er gerade aus dem Bett gefallen. »Du hättest dich wenigstens umziehen können.« Peter rümpfte die Nase. »Oder duschen.«

In diesem Moment bemerkte Bob, was Justus in der Hand hielt. »He, was machst du mit meiner Kamera?«

»Moment mal«, sagte Peter. »Du hast Bobs Kamera geklaut und siehst aus, als wärst du gerade auf einer Parkbank wach geworden. Oder unter einem Tisch. Warst du etwa heute Nacht alleine im Gang zum Westflügel? Ist das dein Ernst?«

Justus zuckte betont gleichgültig mit den Schultern. »Ihr wolltet ja lieber schlafen.«

»Und das haben wir auch«, meinte Bob. »Ziemlich lange sogar. Wir sind selbst eine halbe Stunde zu spät gekommen. Nicht mal den Wecker haben wir gehört. Peters Dad war nicht begeistert. Am besten gehst du ihm heute aus dem Weg. Wie lief's denn mit deiner Observierung?«

Justus schüttelte den Kopf. »Nicht gut. Ich bin direkt eingeschlafen in meinem Versteck und erst vor ein paar Minuten im Gang unter dem Tisch wieder aufgewacht. Sonderbar, nicht wahr? Fast könnte man mutmaßen, jemand hätte beabsichtigt, dass wir alle tief und fest schlafen.«

»Und schon wieder eine Verschwörungstheorie«, sagte Peter genervt und rührte in seinem mit Wasser gefüllten Kolben herum. Das blöde Leuchtpulver wollte sich einfach nicht auflösen.

»Na ja, wir haben schließlich alle drei das gleiche konsumiert.«

»Du meinst den Tee?«, fragte Bob. »Den hast du doch gar nicht getrunken.«

»Später dann schon.«

»Denkst du, Timeo hat uns da was reingemischt?«

»Ja, klar«, sagte Peter. »Timeo mischt uns ein Schlafmittel in den Tee und serviert ihn uns dann höchstpersönlich. Echt clever und total unauffällig. Da hast du ja ’ne heiße Spur, Just.«

»Irrtum, Zweiter.« Justus schaltete die Action-Cam ein und wählte das letzte Video aus, das die Kamera aufgenommen hatte. »Das hier ist meine heiße Spur.«

Neugierig kam Bob näher, während Peter so tat, als würde ihn das alles nicht interessieren.

Auf dem kleinen Display der Kamera war in einem schrägen Winkel ein Teil des Korridors zu sehen. Ein Paar schwerer Arbeitsstiefel kam ins Bild. Justus pausierte den Film und zoomte näher heran.

Peter spähte über seine Schulter hinweg auf die Kamera. »Ein Paar Stiefel«, kommentierte er gelangweilt. »Wow. Tolle Kameraarbeit übrigens. Sehr experimentell.«

»Das ist vollkommen nebensächlich«, meinte Justus. »Diese Bilder sind der Beweis dafür, dass gestern zu nachtschlafender Zeit jemand durch den Gang gelaufen ist, während ich geschlafen habe. Die Frage ist nur, wer.«

»Peter!«, rief Hank aus der anderen Ecke des Raums. »Kommst du mal? Wir brauchen hier noch etwas frisches Blut!«

Peter stellte den Glaskolben ab und wollte schon zu Hank gehen, als er innehielt und noch mal einen Blick auf das Display warf. Er runzelte die Stirn. »Ich weiß, wer. Ich kenne diese Stiefel.«

Obwohl die drei ??? erst so spät am Set gewesen waren, konnten sie die Mittagspause heute kaum abwarten. Endlich rief Annabeth: »Die Szene ist im Kasten, vielen Dank, wir machen eine Stunde Mittag!«

Sofort eilten die Jungen aus dem Rittersaal. Es ging jedoch nicht zum Essen, sondern nach draußen, wo die Sonne auf den Schlossgarten fiel. Er war halb verwildert. Früher musste an seiner Stelle ein weiterer Teil des Schlosses gestanden haben, denn überall ragten verfallene Mauerreste und die Ruinen von ehemaligen Gebäudeteilen aus dem Boden. Am Rande des Gartens lebte Repta mit seinem Hund Van Helsing in einem kleinen steinernen Häuschen.

»Und du bist dir wirklich ganz sicher?«, fragte Justus, während sie zu Reptas Haus unterwegs waren. »Dass es Reptas Stiefel sind, meine ich?«

»Wie oft willst du mich das eigentlich noch fragen, Just?«, fragte Peter angesäuert.

»Ich glaube dir ja«, stellte Justus klar. »Ich frage mich lediglich, ob nicht der Wunsch der Vater des Gedankens sein könnte.«

Während Peter darüber nachdachte, was Justus überhaupt damit meinte, erreichten sie das Häuschen.

»Vorsicht, Kollegen«, mahnte Bob. »Repta ist zu Hause!«

»Woher weißt du das?«, fragte Peter.

»Van Helsings Leine baumelt an dem Haken an der Tür.«

Zwischen Buchsbaumhecken und niedrigen Mauern schlichen sie näher heran, bis sie ein schmutziges Fenster erreichten. Vorsichtig spähten sie hinein.

Der Hausmeister saß an einem kargen Tisch vor einem Teller und kratzte gerade die letzten Reste eines Eintopfs heraus. Van Helsing döste zu seinen Füßen.

»Der macht auch gerade Mittag«, flüsterte Bob.

Als Repta aufstand, sahen sie deutlich die schweren Stiefel an seinen Füßen.

Peter triumphierte. »Was habe ich gesagt?«

Repta griff zu einem Bastkorb, der am Boden stand, tätschelte Van Helsing und verließ das Haus. Der Hund blieb zurück.

»In Deckung«, zischte Justus und die drei ??? huschten um die Ecke. Sie warteten, bis Repta ein Stück entfernt war, und folgten ihm mit gebührendem Abstand.

Der Hausmeister durchquerte den Garten, ging vorbei an kleinen Weiden und weiteren verfallenen Mauerresten, bis er einen kniehohen Brunnen mit Holzabdeckung erreichte.

Dort stellte er seinen Korb ab und ging in die Hocke.

Die drei ??? versteckten sich hinter einem Stück Fels.

»Was macht er denn da?«, flüsterte Bob.

»Sieht aus, als würde er etwas ausgraben«, meinte Justus.

Repta legte eine Pflanze in seinen Korb und grub weiter. Nach einigen Minuten war der Korb gut gefüllt. Der Hausmeister erhob sich ächzend und ging zurück.

»Das sehen wir uns mal näher an«, meinte Justus, nachdem Repta verschwunden war. Neben dem Brunnen wuchsen Pflanzen mit dunkelgrünen fleischigen Blättern, die aussahen wie eine Kohlsorte. Die Blätter bildeten eine Art Nest, aus dessen Mitte blassviolette Blüten emporwuchsen. Sie verströmten einen leicht muffigen Geruch. Justus betastete die Blätter, roch an den Blüten und pflückte eine ab. »*Mandragora officinarum*«, sagte er mit Kennermiene.

»Bitte was?«, fragte Peter.

»Auch bekannt als *Gemeine Alraune*. Aus der Familie der Nachtschattengewächse.«

»Was macht sie denn so gemein?«

»Das *Gemein* leitet sich ab von *allgemein* im Sinne von *gewöhnlich*. Es ist also eine gewöhnliche Alraune. Was in diesem Fall aber nichts zu bedeuten hat, denn die Alraune ist eine seit Jahrhunderten bekannte Heilpflanze. Unverarbeitet ist die Wurzel hochgiftig. In speziellen Dosierungen aber durchaus nützlich. Bereits im Mittelalter wurde sie bei Operationen als Narkotikum eingesetzt.«

»Ein Schlafmittel«, sagte Bob. »Repta könnte es dem Tee beigemischt haben.«

»Und so schickt er auch die Gräfin regelmäßig in den Schlaf«, vermutete Peter. »Als wir sie im Zimmer ihres Bruders gefunden haben, stand eine leere Teetasse neben ihrem Stuhl, erinnert ihr euch? Und mir ist auch klar, warum Repta das macht. Um ungestört den Eingang zur Krypta suchen zu können.«

»Durchaus möglich«, gab Justus zu.

»Ganz bestimmt sogar. Aber dem werden wir die Suppe versalzen.«

Justus hob überrascht die Augenbrauen. »Woher der plötzliche Sinneswandel, Zweiter?«

»Wenn Repta uns nicht erwischt hätte, hätte ich keinen Ärger mit meinem Dad bekommen. Sagen wir mal so: Ich habe mit ihm noch eine Rechnung offen.« Peter schaute grimmig an den Mauern des Schlosses empor. Für einen Augenblick meinte er, eine Bewegung hinter einem Fenster wahrzunehmen. »Kollegen«, flüsterte er. »Ich glaube, wir werden beobachtet.«

Bob folgte seinem Blick, sah aber nichts mehr. »Stand die Gräfin wieder am Fenster?«

»Woher weißt du das? Ja, ich glaube, dass sie es war.«

»Sie hat uns schon einmal beobachtet, als wir den Bat-Bot ausprobiert haben.«

»Ach. Und warum?«

Bob zuckte mit den Schultern.

»Sonderbar«, murmelte Justus, während sie zurück zum Schloss gingen.

Leuchtende Fußspuren

Das Quietschen ihrer Zimmertür erschien den drei ??? ungewöhnlich laut, als sie in dieser Nacht hinaus auf den Gang traten. Im Schloss war es still. Die Filmleute schliefen tief und fest.

Leise schlichen Justus, Peter und Bob bis zu dem Gang, der in den Westflügel führte. Bob faltete den Grundriss auseinander, um noch einmal sicherzugehen, dass sie an der richtigen Stelle waren. »Genau hier müsste es sein«, murmelte er.

»Hier ist aber nichts«, stellte Peter fest. »Nur eine Mauer. Bist du sicher, dass das der richtige Grundriss ist?«

»Wie viele Schlösser Piatră kennst du?«, fragte Bob. »Natürlich ist das der richtige Grundriss. Der Rest stimmt ja auch. Der Gang hier, die Kreuzung dort, der Turm … Aber hier ist kein Durchgang.«

»Das hätte ich euch auch vorher sagen können«, meinte Justus. »Ich war ja gestern schon mal hier.«

»Ach. Und was gedenkt der Herr Erste Detektiv jetzt zu tun?«, fragte Peter missmutig.

Justus antwortete nicht, sondern kramte in seinem Rucksack, holte eine kleine Taschenlampe heraus und schaltete sie ein. Ihren violetten Schein richtete er auf den Boden. Die Steinplatten erstrahlten in weiß-bläulichem Licht.

Bob runzelte die Stirn. »Die UV-Lampe vom Set?«

»Du hast den Boden mit Leuchtpulver eingestäubt«, begriff Peter und schaute Justus groß an. »Das ist jetzt nicht dein Ernst.«

»Funktioniert doch großartig«, fand der Erste Detektiv. »Besser als gedacht, wenn ich ehrlich bin. Seht mal, da zeichnen sich Fußspuren ab.«

Doch Peter hatte gerade keinen Blick für Fußspuren. »Sag mal, hast du sie noch alle? Jetzt beklaust du auch noch meinen Dad?«

»Ich habe mir etwas *geliehen*, Zweiter«, belehrte Justus ihn. »Das ist ein großer Unterschied.«

»Das war so nicht abgesprochen.«

»Ich verstehe die Aufregung nicht. Du hast doch heute Mittag selbst gesagt, dass du noch eine Rechnung offen hast. Willst du das Geheimnis von Schloss Piatră aufklären oder nicht?«

»Aber doch nicht so!«

Justus schaltete die UV-Lampe aus. Die Fußspuren wurden unsichtbar. »Wie denn dann, Peter?«

»Du kannst nicht einfach das Equipment von meinem Dad mitgehen lassen. Du hättest mich fragen müssen.«

»Dann hättest du Nein gesagt und wir könnten unverrichteter Dinge wieder abziehen. Ohne das hier –«, er schaltete die Lampe wieder ein und die Fußspuren leuchteten erneut auf, »– wäre unsere Exkursion nämlich bereits beendet.«

»Gib mir sofort das Pulver zurück!«, forderte Peter.

Kopfschüttelnd zog Justus das Pulvertütchen aus dem Rucksack und drückte es Peter in die Hand. »Können wir uns jetzt wieder um das Wesentliche kümmern?«

Den Strahl der Lampe auf den Boden gerichtet, folgten die drei ??? der Spur. Sie wurde schwächer, je weiter sie sich entfernten, war aber zum Glück noch deutlich genug zu sehen. Die Spur führte in einen schmalen Nebengang und dort geradewegs zu einer hölzernen Tür.

»Verschlossen«, stellte Bob fest.

Justus schaute zu Peter und grinste schief. »Wenn wir jetzt einen Dietrich hätten …«

Schlösser mit einem Dietrich zu öffnen, war die Spezialität des Zweiten Detektivs. Um diese Fähigkeit zu erlernen, hatte er auf dem Schrottplatz an unzähligen Schrank-, Tür- und Vorhängeschlössern geübt und war inzwischen ziemlich gut darin. Sein kleines Dietrichset hatte er fast immer dabei. Lächelnd zog er es aus der Hosentasche und reichte es Justus.

Der Erste Detektiv schluckte, nahm die Dietriche entgegen, wählte einen aus und versuchte sein Glück.

Peter ließ ihn eine Minute lang erfolglos im Türschloss herumstochern, bevor er sagte: »Der ist zu klein.«

Justus probierte es mit dem nächstgrößeren, aber es hatte gar keinen Zweck. Er seufzte. »Wenn wir jetzt jemanden hätten, der damit umgehen kann …«

»Das wäre toll, nicht wahr?« Peters Lächeln wurde breiter.

Justus nickte.

»Tja.« Peter wandte sich ab und stand vor Bob, der ihn flehend anschaute.

»Bitte«, sagte der dritte Detektiv.

Peter verdrehte die Augen, nahm Justus die Dietriche aus der Hand und machte sich an die Arbeit. Nach wenigen Sekunden erklang ein verheißungsvolles Klicken. »Fingerspitzengefühl, Erster. Aber das war ja noch nie deine Stärke.« Peter drückte die Klinke herunter. Die Tür schwang auf.

Sie betraten eine kleine, spärlich eingerichtete Kammer. An einer Wand stand ein mächtiger Bauernschrank, an einer anderen ein Bettgestell ohne Matratze. Spinnweben hingen von der Decke und in der schmalen Fensternische.

»Das ist jedenfalls keine Krypta«, bemerkte Peter.

Justus leuchtete den Boden ab. Die Leuchtspur führte zum Schrank. Triumphierend riss er die Tür auf. Zwei rostige Kleiderbügel aus gebogenem Draht schaukelten an der Stange. Ansonsten war der Schrank leer. »Stellt alles auf den Kopf«, wies Justus seine Freunde an.

»Gerne.« Bob schaute sich fragend um. »Wenn du uns sagst, was genau wir auf den Kopf stellen sollen. Hier ist nämlich nichts.« Er schaute versuchsweise unters Bett und entdeckte ein paar Wollmäuse. »Keine Krypta.«

Ratlos liefen sie die Wände ab. Dabei knirschte Sand unter ihren Sohlen.

»Sand?«, murmelte Justus und leuchtete mit seiner Handy-Taschenlampe den Boden ab. Der Sand war überall, aber direkt neben dem Schrank befand sich sogar ein kleines Häufchen davon. Justus steckte die Lampe weg und versuchte, den Schrank seitwärts von der Wand zu schieben. Er bewegte sich keinen Millimeter. »Wenn es euch nichts ausmacht …«, stöhnte er.

Bob und Peter packten mit an. Mit vereinten Kräften stemmten sie sich gegen das massive Monstrum. Knarrend geriet es in Bewegung.

»Kommt schon«, feuerte Justus seine Kollegen an. »Noch ein bisschen.«

Endlich hatten sie den Schrank weit genug weggeschoben. Dahinter befand sich ein runder Durchbruch in der Wand, aus dem ihnen ein kalter Lufthauch entgegenwehte.

»Just!«, keuchte Bob. »Wir haben es gefunden!«

»Ich habe nie daran gezweifelt.«

»Ist das die Krypta?« Peter wurde von einem Schauer ergriffen. Bestimmt nur wegen der kalten Luft, aber er fragte sich trotzdem, was ihn eigentlich dazu bewogen hatte, auf dieses nächtliche Abenteuer zu gehen. Die Idee, Repta zu überführen und es ihm auf diese Weise heimzuzahlen, erschien ihm plötzlich lächerlich.

Die drei ??? leuchteten mit ihren Taschenlampen in das finstere Loch.

»Dieser Durchbruch erklärt auf jeden Fall die Klopfgeräusche. Seht mal!« Bob deutete auf einen Eimer voller Schutt, der auf der anderen Seite direkt neben dem Loch stand. Darin steckten ein Hammer und ein Meißel. »Die Wand ist fast einen Meter dick. Kein Wunder, dass es mehrere Nächte gedauert hat, sie zu durchbrechen.«

»Okay«, sagte Peter in gespielter Fröhlichkeit. »Wir haben

den Eingang zur Krypta gefunden. Mission erfüllt. Glückwunsch, Kollegen. Puh, schon so spät? Ich bin auch irgendwie müde. Können wir jetzt wieder gehen?«

»Sei nicht albern, Zweiter«, sagte Justus. »Erstens war unsere Mission nicht, den Eingang zur Krypta zu finden, sondern demjenigen, der womöglich auf der Suche nach Vlads Schatz ist, zuvorzukommen.«

»Ja, aber –«

»Und zweitens ist das nicht der Eingang zur Krypta.«

»Nein?«

»Nein. Sieh doch. Hinter dem Loch ist lediglich ein dunkler Gang. Und den sehen wir uns jetzt an.«

»Aber –«

Justus ließ den Zweiten Detektiv nicht zu Wort kommen und kletterte durch das Loch in der Wand.

Der Gang war viel höher und breiter als die übrigen Korridore, die sie aus dem Schloss kannten. Es gab keine elektrische Beleuchtung, nur das Licht ihrer Handylampen durchschnitt die Dunkelheit. An den Wänden ragten in regelmäßigen Abständen Säulen empor, die die hohe Decke stützten.

»Und wenn wir Repta jetzt in die Arme laufen?«, flüsterte Peter.

»Ausgeschlossen«, entgegnete Justus.

»Ach, und warum?«

»Weil der Schrank vor dem Loch stand, Zweiter. Repta – oder wem auch immer – ist zwar der Durchbruch gelungen, aber er ist definitiv nicht hier.«

»Nicht so laut, Just«, raunte Peter.

»Ich wiederhole: Er ist nicht hier. Warum sollte ich in einem verlassenen Gang flüstern?«

Darauf hatte Peter keine Antwort.

Das Ende des Gangs kam in Form einer eisenbeschlagenen Pforte unter einem Rundbogen in Sicht. Darüber ragte die grässliche Fratze eines steinernen Drachen aus dem Mauerwerk. Von seinen Hörnern und aus dem aufgerissenen Maul hingen Spinnweben herunter. Seine Flügel spannten sich als Reliefs über die gesamte Wand.

Als Peter den Drachenkopf anleuchtete, zuckte er zusammen. »Seht ihr das?«, wisperte er. »Der Drache bewacht den Eingang.«

»Vlad Drăculea, der Sohn des Drachen«, sagte Justus. »*Das*, mein lieber Peter, ist der Eingang zur Krypta.«

Stummer Alarm

Justus stellte seinen Rucksack ab, trat näher an die Pforte heran und berührte sie sacht mit den Fingerspitzen. Die geschmiedeten Beschläge bildeten ein Kreuz, aus dem Flammen zu schlagen schienen.

»Wie öffnet man die?«, fragte Bob. »Es gibt keine Türklinke und auch kein Schlüsselloch.«

»Korrekt beobachtet«, sagte Justus. »Aber es gibt das hier.« Seine Finger fuhren über eine kreisförmige Einbuchtung genau in der Mitte der Pforte. Der gezackte Kreis umschloss eine weitere kreuzförmige Vertiefung. Es sah aus, als würde an dieser Stelle etwas fehlen. »Ich vermute, dass es sich hier um einen Schließmechanismus handelt. Man benötigt nur den richtigen Schlüssel.«

Peter und Bob kamen nicht mehr dazu, nachzuhaken, denn plötzlich flammte ein rotes Licht auf. Es bewegte sich wellenförmig durch den Gang.

»Was zur Hölle …?«, rief Peter und blickte sich panisch um. »Wo kommt das Licht her?«

»Da!« Der Erste Detektiv zeigte auf eine kreisende Lampe, die neben einer der Säulen in einer Nische versteckt war. »Ein stummer Alarm. Genial.«

»Was für ein Alarm?« Peter sah ihn verständnislos an.

»Ein Alarm, den man nicht hört und der vermutlich durch einen Bewegungssensor ausgelöst wird.«

»Und zwar irgendwo im Korridor zum Westflügel«, begriff Bob. »Deshalb haben die Klopfgeräusche jedes Mal aufgehört, wenn sich jemand näherte.«

»Aber das bedeutet ja –«

»Dass sich jemand nähert«, beendete Justus den Satz.

»Versteckt euch!«, zischte Bob. Er hatte bereits Deckung hinter einer der Säulen gesucht. Peter und Justus taten es ihm gleich. Keine Sekunde zu früh, denn am Ende des Gangs kletterte bereits eine dunkle Gestalt durch das Loch. Sie trug eine Kapuze und hatte eine Taschenlampe in der Hand. Ihr Gesicht war nicht zu erkennen. Langsam kam sie näher. Der Taschenlampenkegel wanderte über die Säulen, über die Pforte zur Krypta … und verharrte auf dem Rucksack, den Justus stehen gelassen hatte.

Augenblicklich schaltete die Gestalt ihre Lampe aus, machte auf dem Absatz kehrt und rannte davon.

»Verdammt!«, zischte Peter und nahm die Verfolgung auf. Er rannte den Gang hinunter und kletterte durch das Loch. Weiter ging es durch die Kammer, hinaus auf den Korridor.

Die Kapuzengestalt war schnell, doch Peter war es auch. Während sie durch die Gänge rannten, konnte Peter den Abstand Stück für Stück verringern. Er streckte die Hand aus und bekam beinahe die Kapuze zu fassen.

Doch dann hechtete der Flüchtende in einen Seitengang und gewann wieder an Vorsprung.

Der Zweite Detektiv zog im Laufen das Tütchen mit dem Leuchtpulver aus seiner Jackentasche. Er riss ein Loch hinein und schleuderte es der Gestalt hinterher. Es gab eine kleine Pulverexplosion auf ihrem Rücken. Peter geriet durch die Aktion ins Straucheln. Er stolperte über eine Teppichkante und taumelte weiter. Nur mit Mühe konnte er sich davor retten, gegen die Wand zu prallen.

Die Kapuzengestalt! Wo war sie? Im entscheidenden Moment hatte Peter nicht mitbekommen, ob sie nach links oder rechts gelaufen war.

Peter versuchte sein Glück, sprintete rechts um die Ecke – und stieß mit einem Mann zusammen, der verblüfft keuchte und es gerade noch schaffte, seine Teetasse nicht fallen zu lassen.

»Peter? Was um alles in der Welt treibst du hier mitten in der Nacht? Du solltest längst im Bett sein!«

»Dad!«, rief der Zweite Detektiv entsetzt und sah sich suchend um. Er spähte an seinem Vater vorbei, doch die Kapuzengestalt war verschwunden. »Hast du ihn gesehen?«

»Wen gesehen?«

In diesem Augenblick kamen auch Bob und Justus angerannt.

»Wo ist er?«, fragte Bob keuchend, während Justus sich nur auf seinen Oberschenkeln abstützen und zu Atem kommen konnte.

»Ich habe ihn verloren. Verdammt.« Peter trat nach dem Teppich, der ihn beinahe zu Fall gebracht und dafür gesorgt hatte, dass die Verfolgung gescheitert war.

»*Wen* verloren?«, fragte Mr Shaw ungehalten. »Wieso seid ihr nicht auf eurem Zimmer? Was ist hier eigentlich –«

Peter bemerkte die Teetasse in der Hand seines Vaters. »Nicht trinken!« Er wollte ihn davon abhalten, die Tasse zum Mund zu führen, doch aus Versehen schlug er sie ihm aus der Hand. Neben dem Teppich ging sie klirrend zu Bruch.

Mr Shaw schaute fassungslos von einem zum Nächsten. »Habt ihr jetzt völlig den Verstand verloren?«

»Der Tee ist vergiftet«, sagte Peter.

»Vergiftet? Ich habe mir diesen Tee gerade eigenhändig aus der Küche geholt. Seid ihr etwa schon wieder … Ich dachte, wir hätten das mit dem Detektivspielen geklärt.«

»Das sind keine Spiele«, beteuerte Peter.

Bob nickte. »Es gibt einige Indizien, die vermuten lassen … äh …« Ihm wurde plötzlich klar, dass er Mr Shaw ohne Beweise besser nichts von ihren Vermutungen bezüglich Reptas Machenschaften erzählen sollte. Hilfe suchend schaute er zu Justus, doch der rang immer noch nach Luft.

»Repta vergiftet die Gräfin mit dem Tee, um ungehindert Vlads Schatz stehlen zu können«, platzte es aus Peter heraus.

Bob und Justus schauten Peter entsetzt an.

»Natürlich«, sagte Mr Shaw und nickte in gespieltem Verständnis. »Jetzt ist es also der alte Hausmeister, der ein Komplott gegen die Gräfin schmiedet.«

Justus hob einen Zeigefinger und setzte an, etwas zu sagen, aber wieder war Peter schneller. »Wir haben ein ganzes Beet mit Alraunen gefunden. Im Schlossgarten, ganz in der Nähe seiner Hütte. Die kann man zu einem Schlafmittel verarbeiten. Wir haben den Tee selbst getrunken und sind sofort in Tiefschlaf gefallen.«

»Mr Repta trägt also auch noch die Schuld daran, dass ihr zu spät zur Arbeit kommt. Sehr elegant gelöst, das muss ich schon sagen.«

»Das ist nicht alles, wir haben ihn auch noch auf Video.«

»Ihr habt ihn gefilmt?«

»Nicht wirklich«, ruderte Bob zurück und bedachte Peter mit einem Kopfschütteln. »Im Grunde haben wir –«

»Genug, um ihn identifizieren zu können«, beharrte Peter. »Außerdem haben wir den Durchbruch –«

»Geschafft«, fiel Justus ihm schließlich ins Wort. »Den

Durchbruch haben wir geschafft. Also, gelungen ist er uns, will ich damit sagen. Der Durchbruch.«

Peter funkelte den Ersten Detektiv wütend an. »Was soll das, Just? Warum –«

»Das klären wir später«, zischte Justus und verpasste Peter mit dem Ellbogen einen Stoß in die Seite.

»Das klären wir jetzt! Repta ist vor uns weggelaufen! Warum wohl? Weil er der Bösewicht ist, ganz einfach.« Flehend sah er seinen Vater an. »Dad, es geht hier schließlich um die Gesundheit der Gräfin. Repta mischt ihr etwas in den Tee, ganz sicher!«

Mr Shaw musterte die drei Detektive lange und intensiv. »Du hast recht, Peter«, sagte er schließlich. »Das klären wir jetzt. Nicht später. Folgt mir.«

»Wo … wo gehen wir hin?«, fragte Bob irritiert.

»Na, wohin schon. Zum Bösewicht.«

Repta im Kreuzverhör

Die Hütte des Hausmeisters war nicht ihre erste Station. Zuvor führte Mr Shaw sie durch das Schloss zu einem der Gästezimmer. Bob zuckte zusammen, als er erkannte, wessen Tür es war, an die Peters Vater mitten in der Nacht klopfte.

Es dauerte einen Moment, bis Luciana Ionescu öffnete. Sie hatte sich einen Morgenmantel übergeworfen, ihr Haar war zerzaust und sie sah aus, als wäre sie gerade aus dem Tiefschlaf erwacht. »Ja, bitte?«, fragte sie verblüfft, als sie den unerwarteten Besuch erkannte.

»Verzeihen Sie vielmals die Störung, Luciana, aber ich brauche Ihre Hilfe als Übersetzerin«, sagte Mr Shaw.

Sie schüttelte verwirrt den Kopf und zuckte gleichzeitig mit den Schultern. »Natürlich, selbstverständlich, aber hat das nicht Zeit bis morgen?«

»Ich fürchte, bis dahin könnte es den Kindern gelungen sein, das ganze Schloss in Alarmbereitschaft zu versetzen. Oder hinter Gitter zu bringen.« Mr Shaw versuchte, ein entschuldigendes Lächeln. »Es dauert auch nicht lange.«

Fünf Minuten später hatten sie das Schloss verlassen und standen vor Reptas Hütte.

Van Helsing bellte schon, bevor sie geklopft hatten. Sie hörten irritiertes Gemurmel. Nachdem Repta den Hund beruhigt hatte, öffnete er die Tür und schaute fragend in die Runde. Er schien noch nicht im Bett gewesen zu sein, denn er trug seine normale Arbeitskleidung.

Luciana sagte etwas zu ihm auf Rumänisch und erklärte anschließend: »Ich habe ihm gesagt, dass ihr ein paar dringende Fragen an ihn habt, dass ich aber auch nicht genau wisse, worum es eigentlich geht.«

Mr Shaw nickte. »Das werden wir jetzt gemeinsam klären.«

Repta ließ sie eintreten. Die Einrichtung der Hütte sah aus, als hätte sie sich in den letzten fünfzig Jahren nicht verändert.

Alles war ein wenig abgewetzt, die Töpfe, die auf dem Herd standen, waren verbeult und die Sitzkissen auf den robusten Holzstühlen hatten Löcher. Auf einer Anrichte stand ein altes Röhrenradio. Repta bat die Besucher, am Tisch Platz zu nehmen. Dann setzte er einen Kessel mit Wasser auf und fing an, in aller Seelenruhe seine Pfeife zu stopfen, während Mr Shaw zögerlich die Anschuldigungen gegen ihn vortrug, die Luciana ebenso zögerlich übersetzte.

Die drei Detektive wussten nicht, welche Formulierungen Luciana dabei wählte und wie die Vorwürfe bei Repta ankamen. Der Hausmeister verzog keine Miene, während er sich alles in Ruhe anhörte und den Tee aufgoss. Er deutete auf die Kanne und sah fragend in die Runde.

Alle schüttelten einhellig die Köpfe.

Schulterzuckend schenkte Repta sich selbst eine Tasse ein und zündete die Pfeife an. Als sich schließlich dünne Rauchfäden aus dem Pfeifenkopf emporkräuselten, begann Repta, langsam und bedächtig zu erzählen. Die drei ??? und Mr Shaw mussten auf Lucianas Übersetzung warten.

»Er sagt, die Gräfin leidet seit dem Verschwinden ihres Bruders an einer schweren Schlafstörung und kriegt nur mit dem Tee ein Auge zu. Das Ernten der Alraunen und das Verarbeiten der Wurzeln zu einem Schlaftee zählen seit jeher zu seinen Aufgaben.«

Repta nickte, denn er konnte ja erahnen, was Luciana gesagt hatte, und deutete zur Arbeitsplatte neben der Spüle, wo die frisch ausgegrabenen Alraunenwurzeln auf einem karierten Küchentuch lagen. Repta hatte sie von Dreck und Erde befreit und zum Trocknen ausgebreitet. Seine Erklärung klang bestechend logisch. Zu logisch vielleicht?

»Und was ist mit den nächtlichen Gängen durch das Schloss?«, fragte Justus.

Luciana übersetzte, Repta antwortete, Luciana übersetzte zurück.

»Seit einiger Zeit hört man nachts im Schloss unerklärliche Klopfgeräusche. Vielleicht habt ihr sie auch schon wahrgenommen. Gräfin Codrina kann sich nicht erklären, woher diese Geräusche kommen, aber sie jagen ihren Angestellten Angst ein. Ihre Hausmagd Bianca glaubte sogar, Vlad wäre zurückgekehrt, und hat daraufhin fristlos gekündigt. Das müsstet ihr am Tag eurer Ankunft mitbekommen haben. Jedenfalls hat die Gräfin ihn daraufhin gebeten, den Geräuschen nachzugehen. Und da sie nur nachts auftreten, muss er durchs Schloss laufen, wenn alle anderen schlafen.« Luciana lächelte amüsiert. »Er vermutet übrigens weniger die Wiederkehr eines Untoten als vielmehr ein defektes Heizungsrohr. Die Heizanlage des Schlosses müsste dringend erneuert werden.«

»Ach. Und wieso sitzt er dann in seiner Hütte herum, anstatt dem *defekten Heizungsrohr* auf die Spur zu kommen?«

»Peter.« Mr Shaw schaute ihn warnend an.

»Wieso, er versteht mich doch sowieso nicht«, entgegnete dieser trotzig.

Luciana übersetzte und hörte sich an, was Repta zu sagen hatte. Dann lachte sie. »Er ist nicht mehr der Jüngste und das Filmteam hält ihn ganz schön auf Trab. Dazu noch die ganzen Stromausfälle … Er brauchte heute einen freien Abend.«

Peters Augen verengten sich. Er griff nach Justus' Rucksack und zog die UV-Lampe heraus. »Und wie erklären Sie sich dann das hier?« Er leuchtete Repta mit der Lampe ins Gesicht.

»Peter!«, rief Mr Shaw erschrocken. »Hör sofort auf damit!«

Der Zweite Detektiv ließ den Lichtstrahl über Reptas Kleidung wandern. Hinter ihm an der Wand hing seine Jacke und Peter richtete die Lampe auch darauf. Doch nichts. Nirgendwo leuchtete das verräterische Pulver auf, das Peter der flüchtenden Gestalt nachgeworfen hatte. Nur ein paar weiße Fusseln. »Aber das kann nicht sein. Repta sucht doch nach Vlads Schatz!«

Luciana schaute fragend in die Runde. »Aber es gibt keinen Schatz. Das habe ich dir doch erklärt, Bob.«

Bob konnte nur entschuldigend mit den Schultern zucken.

Mr Shaw räusperte sich lautstark. »Ich glaube, wir haben genug gehört. Mr Repta, es tut mir wirklich sehr, sehr leid. Ich weiß nicht, was in die Jungs gefahren ist. Sie sind …« Hilflos hob er die Hände, während Luciana übersetzte. »Es wird nicht noch einmal vorkommen. Versprochen. Bitte verzeihen Sie die Unannehmlichkeiten und die späte Störung. Und Sie bitte auch, Luciana.«

Repta schmunzelte vage. Er zog entspannt an seiner Pfeife, blickte dem aufsteigenden Rauch nach und antwortete auf Rumänisch.

»Die Fantasie von Kindern kennt eben keine Grenzen«, übersetzte Luciana. »Er selbst war früher genauso. Aber mit dem Alter verliert man das irgendwann.«

Mr Shaw nickte. Man sah ihm seine Erleichterung darüber an, dass Repta Verständnis zeigte. Er stand auf. Auch die drei ??? erhoben sich von ihren Stühlen. »Dann haben Sie eine gute Nacht.«

Sie verließen Reptas Hütte. Als Justus sich einige Meter entfernt noch einmal umdrehte, schaute Repta ihnen vom Eingang aus nach. Er lächelte.

Immer noch Freunde?

Wenig später waren sie zurück auf ihrem Zimmer.

Mr Shaw baute sich vor ihnen auf und musterte sie streng, während die drei ??? die Köpfe gesenkt hielten. »Und nun zu euch. Als ich auf die Idee kam, euch drei als Praktikanten mitzunehmen, dachte ich, ich könnte mich auf euch verlassen. Ich dachte, ihr wärt inzwischen alt genug, um Fantasie und Wirklichkeit zu trennen. Aber Mr Repta hat es auf den Punkt gebracht: Die Fantasie von Kindern kennt keine Grenzen. Nur, dass ich bei euch *Kindern* manchmal den Eindruck habe, ihr macht das mit Absicht. Es ist nicht eure Fantasie, die mit euch durchgeht. Ihr vertreibt euch regelrecht die Zeit mit Detektivspielen. Ihr *wollt* hinter jeder Ecke eine Verschwörung wittern. Und gleichzeitig wollt ihr von den Erwachsenen ernst genommen werden.« Er schüttelte den Kopf. »Das läuft so nicht. Ihr müsst endlich Verantwortung übernehmen. Das heißt in diesem Fall: Alles, was ihr tut, wird ab jetzt Konsequenzen haben. Von nun an gibt es nur noch das Praktikum für euch. Noch ein Fehltritt und ihr sitzt im nächsten Flieger nach Hause. Haben wir uns verstanden?«

Die drei Jungen nickten stumm.

Mr Shaw streckte die Hand aus. Peter wollte sie ergreifen, doch sein Vater schüttelte den Kopf. »Das Pulver«, sagte er. »Und die Lampe.« Ungeduldig ließ er seine Finger zucken.

Niedergeschlagen reichte Peter ihm beides und Mr Shaw verließ ohne ein weiteres Wort das Zimmer.

Der Zweite Detektiv ließ sich mit hängendem Kopf auf sein Bett fallen, während Bob frustriert gegen seine Reisetasche trat. Justus hingegen begann, langsam im Zimmer auf und ab zu laufen, während sein Zeigefinger an seiner Unterlippe spielte.

»Das war … niederschmetternd«, murmelte Bob leise.

Justus nickte. »In der Tat. Ich denke, wir hätten schon bei der Flucht der Kapuzengestalt merken können, dass es nicht Repta war, denn dafür war sie viel zu schnell. Dank Peters Leuchtpulver-Attacke haben wir den Beweis. Unsere Theorien zu den Klopfgeräuschen und der Krypta sind in meinen Augen nicht ins Wanken geraten, aber die Suche nach dem Täter gestaltet sich nach diesem Rückschlag schwierig.«

Bob und Peter starrten den Ersten Detektiv an und waren sprachlos.

Justus schien das gar nicht zu merken und fuhr fort: »Wir sollten alles gründlich durchdenken und morgen noch einmal zur Krypta –«

»Ich habe die Nase voll«, unterbrach Peter ihn. »Du tust so, als hätten wir gerade nicht den Einlauf unseres Lebens bekommen. Warst du etwa nicht dabei, oder was? Ich will von dieser verdammten Krypta nie wieder etwas hören, verstanden?« Justus hob zu einer Antwort an, aber Peter war noch nicht fertig. »Und dann bist du auch noch so dreist und belügst meinen Dad.«

»Es besteht ein erheblicher Unterschied zwischen lügen und nicht alles sagen, was man weiß. Ich war lediglich bemüht, eine Behinderung unserer Ermittlungen durch Einmischung von außen zu verhindern.«

»Lass mich mit deinem geschwollenen Geschwafel in Ruhe, Just.«

Justus ließ sich nicht den Mund verbieten. »Du hast uns gehörig in die Bredouille gebracht, Peter. Jeder gute Detektiv weiß, dass man ohne stichhaltige Beweise keine Anschuldigungen formuliert. Und dann hättest du auch noch fast den Wanddurchbruch ausgeplaudert.«

»Wir machen hier ein Prak-ti-kum«, sagte Peter. »Und nichts anderes.«

Justus seufzte. »Zweiter. Wir sind die drei ???. Wir übernehmen jeden –«

»Wir übernehmen gar nichts. Ich bin weder der Zweite, noch gibt es irgendwelche Fragezeichen. Dad hat vollkommen recht. Wir sind Kinder und keine Detektive.«

»Aber immer noch Freunde«, meldete sich Bob zu Wort, der der Auseinandersetzung frustriert gelauscht hatte. »Also hört endlich mit dieser bescheuerten Streiterei auf.«

»Der Einzige, der bescheuert ist, ist Justus«, begehrte Peter auf, »und ich verrate dir auch, warum: Weil es ihm vollkommen egal ist, was wir denken. Er zieht sein Ding durch, ohne Rücksicht auf Verluste. Kunststück. Er ist ja auch nicht derjenige, der Ärger kriegt.«

Bob schüttelte den Kopf. »Ich hatte mich wirklich auf die Ferien mit euch gefreut.«

Das waren die letzten Worte, die in dieser Nacht im Zimmer der drei Detektive gesprochen wurden. Bob legte sich ins Bett und kehrte den beiden Streithähnen den Rücken zu. Peter und Justus schwiegen sich an. Irgendwann wurde das Licht gelöscht.

Alle drei brüteten stumm vor sich hin. Zunächst schien es ausgeschlossen, dass auch nur einer von ihnen Schlaf finden würde. Aber schließlich erfüllten ruhige und gleichmäßige Atemzüge den Raum.

Nur Justus schlief nicht. Der Erste Detektiv wälzte sich in seinem Bett hin und her, bis die Bettdecke durchgeschwitzt war.

Es war nicht das erste Mal, dass Peter ihm vorwarf, er würde immer nur sein Ding durchziehen. So als wäre es ihm egal,

was mit seinen Freunden war. Aber so war es überhaupt nicht. Es war ihm lediglich ein Rätsel, warum Peter die Detektivarbeit so egal war. Als sie ihr Detektivunternehmen gegründet hatten, war Peter Feuer und Flamme gewesen. Aber wann immer es ein wenig unheimlich oder brenzlig wurde, machte er einen Rückzieher. Justus konnte nicht begreifen, wie jemand ein ungelöstes Rätsel links liegen lassen konnte, nur weil es vielleicht mal ein bisschen Ärger gab. Der Ärger würde verfliegen. Das Rätsel aber bliebe auf ewig ungelöst, wenn sich die drei ??? nicht um seine Aufklärung bemühten. Peter tat so, als gäbe es da draußen keine Krypta, keinen verschollenen Schatz und keine geheimnisvolle dunkle Gestalt.

Justus lauschte auf Peters ruhigen Atem und hielt es mit einem Mal nicht mehr aus. Er schlug die Decke zurück, schlüpfte in seine Schuhe und schlich leise aus dem Zimmer. Ziellos streifte er durchs Schloss. Die Idee, zum Eingang der Krypta zurückzukehren, verwarf er schnell. Die Kapuzengestalt würde nicht das Risiko eingehen, sich dort heute noch einmal blicken zu lassen. Und solange Justus nicht wusste, wie man die Pforte öffnete, war es auch sinnlos, sich daran zu versuchen.

Unbewusst führte ihn sein Weg in den Speisesaal. Essen half nun mal beim Denken, zumindest ihm. Es hatte etwas mit dem Blutzuckerspiegel zu tun.

Der Speisesaal war leer und sauber. Nirgendwo lag etwas zu essen herum, aber Justus wagte es nicht, in die angrenzende Küche zu gehen. Wenn man ihn jetzt auch noch dabei erwischte, wie er der Filmcrew das Frühstück wegfutterte, würde Mr Shaw ihn womöglich wirklich in den nächsten Flieger nach Kalifornien setzen. Immerhin: In der Schale nahe der Tür lag noch ein letzter Schokoriegel. Justus griff zu und biss hinein.

In das Geräusch seines eigenen Kauens mischte sich entferntes Gemurmel. Justus hielt inne. Jemand näherte sich aus dem Gang! Eilig suchte der Erste Detektiv Deckung unter dem Tisch.

Durch die geöffnete Tür fiel ein langer Schatten. Ein Schatten mit einem grotesk großen und verformten Kopf – der Vampirzombie!

Justus' Nackenhaare stellten sich auf. Er duckte sich tiefer, während der Schatten näher und näher kam. Plötzlich war der Erste Detektiv nicht mehr so sicher, dass es eine logische Erklärung für den Vampirzombie gab. Was, wenn Peter recht hatte? Was, wenn …

Justus stutzte. Das Gemurmel des Schattens war verständlicher geworden: »*Dominus vobiscum. Et cum spiritu tuo.*«

Es waren die gleichen Worte, die der Vampirzombie schon in der ersten Nacht vor sich hin gesprochen hatte. Doch dieses Mal erkannte Justus die Stimme. Vorsichtig lugte er über die Tischkante.

Die Gestalt, die den Furcht einflößenden Schatten warf, betrat den Saal. Noch im Eingang stehend, zog sie sich die Kopfhörer von den Ohren und ihr Schatten sah mit einem Mal ganz normal aus. Der grotesk verformte Kopf war lediglich der Schatten des Kopfhörers gewesen.

»*Sit nomen Domini be… be… Sit nomen Domini be…* Verdammt!« Steven Yates griff gedankenverloren in die Snackschale, während er in einen zusammengehefteten Papierstapel schaute. Das Drehbuch. Die Schale war leer. Yates schnaufte wütend und wiederholte: »*Sit nomen Domini be*… Ja, ist denn das zu fassen?«

»*Sit nomen Domini benedictum*«, sagte Justus und verließ sein Versteck unter dem Tisch. »*Ex hoc nunc et usque in saeculum.*«

Yates schrak zusammen und stieß einen kleinen Schrei aus. Dann erkannte er Justus. »Was zum Teufel machst du denn hier?«

»Mr Yates. Der Vampirzombie. Sehr aufschlussreich.«

Verärgert schüttelte Yates den Kopf. »Der was? Was treibst du hier mitten in der Nacht?«

»Nachdenken, schätze ich«, sagte Justus schulterzuckend.

»Du gehörst ins Bett, Junge. Marsch, marsch!«

»Und Sie?«

»Jetzt werd mal nicht frech.«

»Das war nicht meine Absicht. Ich wollte lediglich auf unsere Gemeinsamkeit hinweisen: die Schlaflosigkeit. Die Schwierigkeiten, die Sie mit dem Lernen des Textes für Ihre morgige Szene haben, scheinen Sie wach zu halten.«

»Welchen Teil von *Jetzt werd mal nicht frech* hast du nicht verstanden, du kleine Nervensäge? Und wieso kennst du überhaupt meinen Text?«

»Ich war schon einmal unfreiwilliger Zeuge Ihrer Lernversuche.«

»Wie bitte?«

»Sie haben diese lateinischen Phrasen neulich schon mal vor sich hin gemurmelt.«

»Und da hast du sie dir gleich gemerkt?«, fragte Yates fassungslos.

»Lediglich ein kleines Gedächtnistraining. Ich verrate Ihnen etwas. Als ich klein war, habe ich in einer Fernsehserie mitgespielt. Ich konnte noch nicht mal lesen, musste aber eine Menge Text lernen. Dafür hatte ich einen Trick.«

»Aha. Toll. Wie schön für dich.« Yates schüttelte den Kopf und sah demonstrativ wieder in sein Drehbuch. »Ich müsste dann hier mal weitermachen. Geh schlafen.«

Erneut zuckte Justus mit den Schultern und strebte zur Tür.

»Was war das denn für ein Trick?«, fragte Yates unvermittelt, als Justus schon fast draußen war.

Der Erste Detektiv hielt inne und kehrte langsam zurück. »Musik«, erklärte er. »Ist Ihnen schon mal aufgefallen, dass es viel einfacher ist, sich den Text eines Liedes zu merken als ein Gedicht? Das liegt daran, dass die Musik ein assoziatives Netzwerk im Gehirn anlegt. Also habe ich den Text gesungen.«

Yates schien ein Schmunzeln zu unterdrücken. »Wie alt warst du, als du auf das *assoziative Netzwerk* gekommen bist? Fünf?«

Justus ließ den Spott an sich abprallen. »*Sit nomen Domini benedictum*«, sang er zu einer einfachen Melodie. »Außerdem gibt es Studien, die belegen, dass Schokolade die Gedächtnisleistung erhöht.« Er legte den halben Schokoriegel auf den Tisch, nickte Yates zu und verließ den Saal. Draußen auf dem Gang hörte er Steven Yates noch leise singen: »*Sit nomen Domini benedictum …*«

Das Drachenmedaillon

Am nächsten Morgen trafen sich die drei ??? erst beim Frühstück. Justus war absichtlich länger im Bett liegen geblieben, um nicht schon auf ihrem Zimmer mit Bob und Peter reden zu müssen. Der Zweite Detektiv drehte ihm bei jeder Gelegenheit das Wort im Mund herum. Aber Justus sah auch nicht ein, gute Miene zum bösen Spiel zu machen und so zu tun, als wäre nichts. Er hatte nach wie vor großes Interesse daran, diesen Fall zu lösen. Es war ihm nun mal wichtiger als das Praktikum. Wenn Peter und Bob das anders sahen, machte er eben allein weiter. Und er würde auch die Konsequenzen allein tragen, wenn etwas schiefgehen sollte. Letztlich konnte er auch an der mangelnden Weitsicht von Mr Shaw nichts ändern.

Im Speisesaal setzte sich der Erste Detektiv absichtlich einen Tisch weiter und sah kaum von seinem Frühstück auf. Aus den Augenwinkeln bemerkte er jedoch Bobs Blicke. Peter hingegen gab sich ebenso viel Mühe wie Justus selbst, nicht in die Richtung des anderen zu schauen.

Das anstrengende Aneinandervorbeisehen wurde unterbrochen, als zwei Männer in der Tür zum Speisesaal auftauchten, die Justus noch nie gesehen hatte. Beide trugen schwarze Anzüge und blickten streng über die Menge hinweg. Der jüngere von beiden war ein großer, durchtrainierter Mann, der wie ein Bodyguard aussah. Der ältere wirkte eher wie ein Bankdirektor. Er trug einen geheimnisvoll aussehenden Koffer in der Hand. Die beiden waren in Begleitung von Luciana, die mit ihnen auf Rumänisch sprach.

Als Annabeth Parker, die einen Tisch weiter saß, den Besuch bemerkte, sprang sie auf und ging zu den beiden Herren. Luciana übersetzte das Gespräch und die vier verließen den Saal.

Wenig später kehrte Annabeth zurück und trommelte die gesamte Crew im Speisesaal zusammen. Die beiden Anzugträger und Luciana waren ebenfalls im Saal.

»Darf ich um eure Aufmerksamkeit bitten«, sagte Annabeth. Sie musste ihre Stimme nicht erheben, es wurde sofort still im Saal. »Dies sind Direktor Dragus aus dem örtlichen historischen Museum und Mr Varga, einer seiner Sicherheitsmitarbeiter. Nach langen Verhandlungen und dank Lucianas unschätzbarer Hilfe haben wir es geschafft, dass das Museum uns das Original-Medaillon des Drachenordens für den Dreh zur Verfügung stellt.« Sie deutete auf den schwarzen Koffer, dessen Griff Direktor Dragus immer noch fest umklammert hielt, als wäre er mit ihm verwachsen. »Dieses Medaillon war vor sechshundert Jahren das Erkennungsmerkmal der Ordensbrüder. Dass es sich hierbei um das letzte erhaltene Einzelstück handelt, muss ich nicht extra erwähnen. Mr Varga wird bei den Dreharbeiten stets anwesend sein und auf das Medaillon achtgeben. Abends wird es im Turmzimmer des Ostflügels in einem Safe aufbewahrt und bewacht.«

Varga schaute ebenso grimmig drein wie der Direktor und flößte allen gehörigen Respekt ein.

»Das Medaillon steht uns für die nächsten drei Tage zu Verfügung. Also lasst uns das Beste daraus machen.«

Alle klatschten. Direktor Dragus und Mr Varga verzogen keine Miene.

Danach machte sich die Crew wie gewohnt an die Arbeit. Die drei ??? waren dafür eingeteilt, letzte Vorbereitungen für die Kreuz-Requisite zu treffen, die heute zum Einsatz kommen sollte. Das Kunstblut musste zur richtigen Zeit in der richtigen Menge aus den versteckten Löchern fließen und es musste echt aussehen.

Die größte Schwierigkeit bestand jedoch darin, zusammenzuarbeiten, ohne miteinander zu reden. Als Justus dem Zweiten Detektiv vor dem letzten Blutspritz-Test eine Schutzbrille reichen wollte, drehte Peter sich einfach weg. Bob warf ihm einen entschuldigenden Blick zu, als wäre es seine Schuld, dass Peter sich unmöglich benahm. Justus konnte sich gerade noch zusammenreißen, Peter die Schutzbrille nicht einfach vor die Füße zu werfen. Stattdessen legte er sie behutsam auf den Tisch und ging.

Als der heutige Drehbeginn näher rückte, war die Anspannung im Team deutlich zu spüren. Zum einen sollte eine wichtige Schlüsselszene gedreht werden, in der Vlad Drăculea seine verstorbene Geliebte betrauert und daraufhin seinem

Glauben abschwört. Zum anderen würde dabei das wertvolle Drachenmedaillon zum Einsatz kommen.

Zu allem Überfluss betrat in diesem Moment auch noch Gräfin Codrina den Saal. Obwohl sie sich ganz im Hintergrund hielt, strahlte ihre Anwesenheit auf das ganze Team aus.

Steven Yates und Betty wurden ein letztes Mal abgepudert. Erst jetzt brachte der Sicherheitsmann den gepanzerten Koffer des Museumsdirektors in den Saal, legte ihn auf einen Tisch und öffnete ihn. Justus meinte, Annabeths Augen glänzen zu sehen, als sie das Drachenmedaillon zum ersten Mal erblickte. Doch ihm entging auch die Reaktion der Gräfin nicht. Als sie das Medaillon sah, sog sie scharf die Luft ein und verließ beinahe fluchtartig den Saal.

»Habt ihr das bemerkt?«, flüsterte Justus Peter zu, der neben ihm stand. Doch dieser tat so, als hätte er ihn nicht gehört.

Wenig später waren alle so weit.

»Ruhe, wir drehen!«, rief die Regieassistentin. »Und Ton ab!«

»Ton läuft«, sagte der Tonmeister.

»Kamera ab!«

»Kamera läuft!«

Annabeth atmete kurz durch. »Und Action!«

In einer nur von Kerzen erhellten Kapelle lag Betty alias Elisabeta auf einem steinernen Altar. Sie war blass und leblos. Neben ihr stand ein Priester mit einem bis auf die Brust reichenden grauen Bart. Er murmelte Gebete vor sich hin. Hinter dieser Szenerie stand das mächtige Steinkreuz.

Die Tür flog auf und Steven Yates alias Vlad Drăculea stürmte herein, gekleidet in eine von einem Umhang umwehte Rüstung. Mit verzweifeltem Blick ging er vor Elisabeta in die Knie und legte ihr das Drachenmedaillon in die geöffneten Hände. Die Behutsamkeit, mit der er dabei vorging, war vermutlich nicht gespielt.

»*Dominus vobiscum*«, sagte der Priester. »*Et cum spiritu tuo. Sit–*«

»*Sit nomen Domini benedictum*«, rief Yates wütend und stürmte auf den Priester zu. »*Ex hoc nunc et usque in saeculum*«, fuhr er fort und stockte dabei kein einziges Mal. Mit einer großen, kraftvollen Bewegung zog er sein Schwert.

Der Priester taumelte ängstlich zurück, stolperte und fiel zu Boden. »Das ist das Haus Gottes!«, beschwor er Vlad.

Vlad hob das mächtige Schwert über seinen Kopf und rammte es mit voller Wucht in das Kreuz.

Blut quoll aus dem Stein hervor und floss über die Klinge des Schwertes und schließlich über Vlads Hände, während Vlad den Kopf in den Nacken legte und dem Himmel zürnte.

»Cut!«, rief Annabeth. »Danke. Das war's schon. Großartig, Steven. Das lief ja ganz hervorragend. Wir können gleich umbauen auf die nächste Einstellung. Ein Close-up von Bettys Händen mit dem Medaillon. Der Rest kann abgebaut werden.«

Yates war seine Erleichterung anzusehen.

Justus lächelte in sich hinein und ging zu den anderen Crewmitgliedern, um beim Abbau zu helfen. Dabei fiel sein Blick auf den Vorschaumonitor, auf dem gezeigt wurde, was die Kamera einfing. Die schwebte gerade an einem Kran auf Bettys Hände zu und erfasste das Drachenmedaillon in Großaufnahme.

Es bestand aus einem Kreuz, das von einem gezackten Kreis umschlossen war. Erst auf den zweiten Blick erkannte man, dass der gezackte Kreis den Schwanz eines zusammengekauerten Drachen darstellte.

Justus erstarrte und konnte den Blick nicht vom Monitor abwenden. Ja, es bestand kein Zweifel. Und es wäre dem Ersten Detektiv bestimmt schon früher aufgefallen, wenn er das Medaillon aus der Nähe gesehen hätte.

»Ist alles in Ordnung mit dir?«, fragte Bob, der Justus' Starren bemerkt hatte.

»Bob«, flüsterte er. »Siehst du das auch?«

»Was soll ich sehen?«

»Das Medaillon. Erkennst du es denn nicht?«

»Erkennen? Es ist das Drachenmedaillon. Das wissen wir doch.«

»Du hast es schon einmal gesehen! Zumindest seinen Umriss.« Justus war ganz aufgeregt. »Sieh genau hin!«

Bob schüttelte ratlos den Kopf.

»Das Kreuz mit dem gezackten Kreis passt genau zu der Einbuchtung in der Pforte zur Krypta.«

»Bist du sicher?« Bob rückte seine Brille zurecht.

»Absolut! Das Medaillon ist der Schlüssel!«

»Das wäre aber ein krasser Zufall.«

»Eben nicht.« Justus zog Bob ein Stück vom Monitor weg. »Es ist das Gegenteil von einem Zufall. Jemand muss gewusst haben, dass das Medaillon früher oder später aufs Schloss kommt. Deshalb wurde die Wand aufgeklopft. Um den Zugang zur Krypta freigelegt zu haben, wenn der Schlüssel, mit dem man sie öffnen kann, endlich da ist.«

Bob schüttelte den Kopf. »Wer sollte das denn gewusst haben? Wenn das wirklich stimmt, dann käme ja nur jemand aus dem Team –«

Justus stieß den dritten Detektiv an und legte den Finger auf die Lippen.

Sie schauten hinüber zum Filmteam. Steven Yates. Betty. Hank. Annabeth Parker.

»Hey, Jungs«, rief Mr Shaw unwirsch. »Braucht ihr 'ne schriftliche Einladung? Der Boden wischt sich nicht von alleine!«

Peter war bereits dabei, das Kunstblut, das aus dem Kreuz gespritzt war, vom Steinboden zu wischen. Er warf ihnen einen finsteren Blick zu.

Bob seufzte. »Sorry, Just, aber wir haben schon genug Ärger.«

»Aber –«

»Wir können ja die Augen offen halten«, schlug Bob vor.

»Das auf jeden Fall. Aber keine waghalsigen nächtlichen Aktionen mehr, okay?«

Während Bob hinüber zu Peter ging, um ihm zu helfen, ließ Justus enttäuscht die Schultern sinken. Die Augen offen halten. Als ob man auf diese Weise jemals einen Fall gelöst hätte.

Erneut sah Justus auf den Monitor, auf dem immer noch das Drachenmedaillon zu sehen war.

Nein, mit Augen offen halten war es nicht getan.

Jeder für sich

»Auf drei. Eins, zwei, *drei*!« Peter und Bob wuchteten den Sarg hoch, der zurück ins provisorische *Wonderworld*-Lager im Ostflügel gebracht werden sollte. Das war ein ganzes Stück Weg und es gab etliche Treppen zu bewältigen.

Während Bob ächzte und keuchte, bemerkte Peter die Anstrengung kaum. Er war in Gedanken die ganze Zeit bei Justus, ihrem Streit und dem, was Justus auf dem Monitor entdeckt hatte. Bob hatte es ihm erzählt.

»Glaubst du das eigentlich wirklich?«, fragte er den dritten Detektiv, während sie den Sarg durch einen Korridor schleppten. »Dass jemand aus dem Filmteam in die Krypta will, meine ich?«

»Keine Ahnung«, sagte Bob. »Sinn ergäbe es schon, oder? Aber ich kann mir wirklich nicht vorstellen, wer dahinterstecken sollte.«

»Vielleicht Yates?«, überlegte Peter. »Er ist auf jeden Fall ein Idiot.«

»Das macht ihn nicht zu einem Verbrecher. Sag mal, ich

dachte, der Fall interessiert dich nicht mehr. Und jetzt auf einmal doch? Pass bloß auf, dass Justus das nicht mitbekommt.«

»Justus.« Peter schnaubte verächtlich. »Wo steckt der überhaupt schon wieder? Wieso schleppen wir diesen schweren Sarg durchs halbe Schloss und er fasst nicht mit an?«

»Weil er gerade mit etwas anderem beschäftigt ist.« Bob nickte zu einem Fenster, durch das er den Ersten Detektiv gerade entdeckt hatte.

Peter blieb so abrupt stehen, dass Bob den Sarg beinahe fallen ließ. »Keine plötzlichen Manöver, bitte«, beschwerte er sich.

»Was treibt der denn da?« Peter schaute argwöhnisch aus dem Fenster. Draußen auf der Wiese, wo der erste Bat-Bot-Testflug stattgefunden hatte, stand Justus Jonas und schaute mit einem Fernglas die Mauern des Turms im Ostflügel empor. In der anderen Hand hielt er ein Stück Papier, das aus der Ferne aussah wie der Grundriss von Piatră. »Er spioniert das Schloss aus.«

Bob schüttelte den Kopf. »Unsinn. Er kann sich hier doch frei bewegen. Wieso sollte er das Schloss ausspionieren?«

»Keine Ahnung. Ich weiß nur, dass er es tut. Er führt irgendetwas im Schilde.«

Ungeduldig zog Bob am Sarg. »Können wir jetzt weiter?«

Nachdem die beiden den Sarg endlich an seinen Zielort gebracht hatten, kehrten sie zurück ans Set. Auch Justus war inzwischen wieder da. Im Rittersaal wurde gerade umgebaut und die Schauspieler hatten Pause, während sie auf ihre nächste Szene warteten. Der Erste Detektiv plauderte mit Betty. Aus einiger Entfernung beobachtete Peter, wie Justus ihr sein

Handy unter die Nase hielt. Betty holte tief Luft und stieß einen spitzen Schrei aus. Alle Umstehenden zuckten zusammen und drehten sich irritiert zu ihr um.

»Anstelle eines Selfies«, erklärte Justus lachend und hielt sein Handy hoch. »Schreie von der Screamqueen.«

Betty schien es Spaß zu machen und sie schrie noch ein bisschen weiter: »Nein! Hilfe! Oh, bitte, nein!«

»Anstelle eines Selfies«, wiederholte Peter skeptisch. »Wer soll das denn glauben? Justus interessiert sich nicht für Schauspieler-Andenken. Als Yates ihm am ersten Tag ein Selfie anbot, hatte Justus sogar behauptet, sein Akku wäre leer.«

»Vielleicht stellt er sie irgendwie auf die Probe«, überlegte Bob. »Immerhin ist Betty auf der Liste der Verdächtigen.«

»Indem er sie in sein Handy schreien lässt?« Peter schüttelte entschieden den Kopf. »Justus führt irgendetwas im Schilde.«

»Bist du jetzt etwa derjenige, der Verschwörungen wittert? Komm jetzt, Peter, der Sarg trägt sich nicht von allein.«

»Welcher Sarg? Den haben wir doch gerade weggebracht.«

»Den ersten. Fehlt noch der zweite. Du bist wirklich überhaupt nicht bei der Sache, oder? Justus und du … In einem Punkt seid ihr euch wirklich sehr ähnlich.«

»Ähnlich?« Peter wirkte geradezu schockiert.

»Ja. In eurer Verbissenheit. Und jetzt fass endlich mit an.«

Gemeinsam hoben sie Sarg Nummer zwei an. Betty hatte inzwischen fertig geschrien und Justus schlenderte mit einem Stoffbeutel in der Hand zur hinteren Saalecke, wo die Leute von der Maske ihren Arbeitsbereich hatten.

»Da, Bob, hast du das gesehen?«, zischte Peter aufgeregt.

»Was gesehen?«, knurrte Bob genervt. »Komm schon, Zweiter, wenn du ständig stehen bleibst, werden wir nie fertig.«

»Justus hat einen Föhn geklaut.«

»Justus hat was?«

»Da lag ein Föhn auf dem Tisch. Justus hat ihn in seinem Stoffbeutel verschwinden lassen.«

»Du spinnst.«

»Ich spinne nicht.«

»Vielleicht will er gleich duschen gehen.«

»Quatsch. Als ob er sich jemals die Haare geföhnt hätte. Du nimmst mich nicht ernst. Ich schwöre es dir: Justus führt irgendwas im Schilde!«

»Wenn du das noch ein einziges Mal sagst, kannst du den Sarg alleine tragen.«

Vor dem Abendessen hatten sie noch eine Stunde Freizeit. Peter lag auf seinem Bett und warf immer wieder seinen Tennisball gegen die Wand, während er dumpf vor sich hin brütete. Justus trieb sich irgendwo im Schloss herum und verfolgte seine eigenen Pläne. Peter hatte noch gesehen, wie er mit Hank am Bat-Bot herumgebastelt hat. Was hatte er nur vor?

Bob konnte gerade weder den Ersten noch den Zweiten Detektiv ertragen. Peter und Justus gingen ihm gleichermaßen auf die Nerven und er war es leid, ständig den Friedensstifter zu spielen. Wenigstens für eine Stunde wollte er mal nichts von den beiden hören oder sehen. Also ergriff er die Flucht.

Ziellos wanderte der dritte Detektiv durchs Schloss. Er hatte gedacht, sich inzwischen gut auszukennen, doch plötzlich fand er sich in einem Teil des Schlosses wieder, der ihm fremd war. Er musste einen falschen Abzweig genommen haben. Bob bog um eine Ecke in einen verlassenen Korridor – und zuckte zusammen, als er Gräfin Codrina erblickte. Sie saß mit angezogenen Beinen in einer Fensternische wie ein Schulmädchen. In ihrem Schoß lag die rumänische Ausgabe von *20.000 Meilen unter dem Meer*.

Auch die Gräfin erschrak, streckte ihre Beine und schwang sich unerwartet behände aus der Nische. »Ce faci aici? Ich meine, was machst du hier? Dieser Teil des Schlosses ist privat.«

»Oh, Verzeihung. Ich wollte nicht … Ich habe mich verlaufen. Bin schon weg.«

»Nein, bleib.«

Irritiert blieb Bob stehen.

Die Gräfin schenkte ihm ein Lächeln. »Es ist schön, euch drei Jungen hier auf dem Schloss zu haben. Ich habe euch schon ein paar Mal aus der Ferne beobachtet. Ihr findet das alles hier sehr spannend, nicht wahr?«

»Ja«, gab Bob verunsichert zu. »Kann sein.«

»Ihr erinnert mich sehr an jemanden. Einen Jungen in eurem Alter, der auch sehr neugierig war.«

»Ihren Bruder?«, entfuhr es Bob und er hätte sich am liebsten auf die Zunge gebissen.

Gräfin Codrina fixierte ihn. »Woher weißt du von meinem Bruder?«

»Ich … habe über die Geschichte des Schlosses gelesen. Tut mir sehr leid, dass Ihr Bruder damals verschwunden ist.«

»Du hast darüber gelesen«, wiederholte die Gräfin und lächelte. »Siehst du, das meine ich. Alexandru hat auch viel gelesen. Er war genauso wissbegierig wie du und deine Freunde.« Sie hielt das Buch in die Höhe. »Das hier war sein Lieblingsbuch. Kennst du es? Es geht darin um einen Forscher. Pierre Aronnax. Er erkundet das Meer und stößt auf allerlei fantastische Dinge. Alexandru hat immer gesagt, wenn er erwachsen ist, will er jemand wie Pierre Aronnax sein. Ein Wissenschaftler.« Sie ließ den Kopf hängen. »Meinem Vater hat das nicht gefallen. Er wollte, dass Alexandru einen anderen Weg einschlägt, und hat ihn für sein Interesse an der Wissenschaft bestraft.«

»Bestraft?«, hakte Bob nach.

»Eingesperrt«, bestätigte die Gräfin. »In … einen Keller. Immer wieder. Es war grausam. So etwas gibt es heute hoffentlich nicht mehr. Deine Eltern lassen dich lesen, wenn du lesen willst, nicht wahr?«

Bob nickte. »Sie sind froh, wenn ich lese und nicht am Handy herumspiele.«

»Das ist gut so. Das ist sehr gut so.« Die Gräfin streckte die Hand nach ihm aus und für einen Augenblick sah es so aus, als wollte sie ihm über den Kopf streichen. Kurz vorher hielt sie inne und zuckte zurück, als erwachte sie aus einem Traum. Verlegen wandte sie sich ab. »Geh wieder zu deinen Freunden. Sie warten sicher schon auf dich.«

Irritiert schaute Bob der Gräfin nach, während sie den Gang hinunterwandelte und um die nächste Ecke verschwand.

Justus war nicht entgangen, dass Peter ihn während des ganzen Tages misstrauisch aus der Ferne beobachtet hatte. Aber wenn schon. Sollte er sich ruhig fragen, was Justus da eigentlich trieb. Peter hatte sich dagegen entschieden, den Fall zu lösen. Also war Justus ihm auch keine Erklärung schuldig.

Und so blieb er ohne Ankündigung dem Abendessen fern und stattete den *Wonderland*-Räumlichkeiten, in denen Hank und Mr Shaw ihre Ausrüstung aufbewahrten, einen Besuch ab. Da alle beim Essen waren, hielt sich hier niemand auf.

Der reparierte Bat-Bot lag voll aufgeladen auf Hanks Arbeitstisch. Direkt daneben eine Rolle Gewebeklebeband, das wie gerufen kam. Justus nahm ein paar Veränderungen an der Drohne vor und steckte sie in seinen Beutel. Dazu noch eine kleine Plastikflasche mit Kunstblut.

Als er nach draußen auf den Gang trat, stieß er beinahe mit Steven Yates zusammen.

»Nanu?«, wunderte sich Yates. »Was treibst du denn hier?«

»Ich … hatte etwas vergessen«, log Justus und hielt seinen Beutel hoch, ohne ihn jedoch zu öffnen.

Yates nickte desinteressiert. »Hör mal, gut, dass ich dich treffe.« Er schaute sich um, als befürchtete er, dabei belauscht zu werden, wie er freiwillig mit einem dieser verhassten Kinder sprach. »Dein Tipp mit der Musik war wirklich hilfreich.«

»Ich habe es gesehen. Glückwunsch.«

»Ja, also, jedenfalls … danke dafür. Ich war vielleicht etwas ruppig zu dir.«

»Schon gut.«

»Du hast gerade Ärger mit deinen Freunden, nicht wahr? Ich bin Schauspieler. Es gehört zu meinem Beruf, Menschen und ihre Verhaltensweisen zu beobachten. Deshalb ist mir die angespannte Stimmung zwischen euch nicht entgangen.«

»Aha.« Justus verspürte keinerlei Lust auf dieses Gespräch. »Ich muss dann auch mal weiter.«

»Eine Sache noch«, hielt Yates ihn zurück. »Das Schwierigste an Freundschaften ist es, sich seine eigenen Fehler einzugestehen. Echte Freunde kritisieren dich nur deshalb, weil du ihnen wichtig bist.«

Der Erste Detektiv nickte beflissen und hoffte, Yates auf diese Weise schnell loszuwerden.

Yates klopfte ihm väterlich auf die Schulter und ging seiner Wege.

Justus sah ihm nach und versuchte, sich einen Reim auf

Yates zu machen. Er war so irritierend nett gewesen. Wie viele solcher Kalenderblatt-Weisheiten er wohl kannte? Bestimmt war es eine Masche von ihm, sie in Situationen wie diesen von sich zu geben und damit Eindruck zu schinden.

Das Merkwürdigste war jedoch, wie lange Yates' Worte noch in Justus nachhallten.

Justus führt etwas im Schilde

Eine halbe Stunde später betrat Justus den Speisesaal. Er war inzwischen verlassen. Timeo tischte ihm, ohne zu fragen, die Reste eines rumänischen Eintopfs auf. Nach dem einsamen Essen ging Justus aufs Zimmer. Bob las, Peter spielte an seinem Handy, niemand fragte ihn, wo er gewesen war, und so legte Justus sich einfach ins Bett und gab vor, zu lesen.

Während Bob und Peter im Waschraum waren, um sich die Zähne zu putzen, packte Justus in Windeseile seinen Rucksack und versteckte ihn unter dem Bett. Als die beiden zurückkamen, hatte er wieder sein Buch in der Hand und tat so, als wäre nichts gewesen. Nach und nach löschten sie ihre Nachttischlampen.

Justus wartete zwei Stunden. Dann stand er leise auf, schlüpfte in seine Schuhe und legte die Bettdecke so zurecht, dass es aussah, als würde er noch darunterliegen. Er zog den Rucksack hervor und schlich aus dem Zimmer.

Sein Ziel war der Ostflügel. Auf dem Weg dorthin war er vorsichtiger denn je. An jedem Abzweig hielt er inne und achtete auf das kleinste Geräusch. Er durfte niemandem begegnen, sonst wäre sein Plan gescheitert.

Seine Sorge war unbegründet. Das ganze Schloss schien zu schlafen. Im Schein der Nachtbeleuchtung, die die Flure schwach erhellte, erreichte er unbemerkt den Ostflügel. Dort holte er die Flasche mit dem Kunstblut aus seinem Rucksack. Vorsichtig begann er, eine Spur auf den Boden zu tropfen, die vom Fuße des Turms wegführte. Dann kehrte er zurück, griff erneut in den Rucksack und zog Bobs Bluetooth-Box heraus. Er schaltete sie ein, verband sie mit seinem Handy und versteckte sie in einer schwer einsehbaren Nische unweit der Treppe.

Ein Stück weiter den Gang hinunter gab es ein großes Fenster, vor dem ein schwerer Samtvorhang hing. Justus ging in die Hocke, schob den Vorhang zur Seite und legte eine Konstruktion frei, die er bereits am Nachmittag installiert hatte: eine Steckerleiste, an der eine Heißklebepistole und das Ladegerät für einen Akkuschrauber hingen, dazu ein Stabmixer und ein Wasserkocher aus der Küche. Justus zog den geliehenen Föhn aus dem Rucksack, stöpselte ihn ebenfalls ein, schaltete alle Geräte an und drückte auf den Hauptschalter der Steckerleiste.

Der Stabmixer und der Föhn wollten lautstark zum Leben erwachen, aber nach einer halben Sekunde machte ihnen die veraltete Stromversorgung auf Schloss Piatră einen Strich durch die Rechnung.

Es knallte heftig und sämtliche Lichter erloschen.

Justus ließ den Vorhang über die Geräte fallen, quetschte sich in eine Nische und drückte auf seinem Handy auf *Play*.

Ein schriller Schrei hallte durch den Korridor. Kurz darauf erklangen Schritte. Jemand kam die Treppe hinunter.

Justus lugte vorsichtig um die Ecke. Mr Varga, der Sicherheitsmann aus dem Museum, trat auf den Gang hinaus und leuchtete hektisch mit seiner Taschenlampe in beide Richtungen. »Este cineva?«

Der Lichtstrahl fiel auf die Blutspur am Boden. Varga stutzte.

Das Schreien wurde lauter. »Nein! Hilfe! Oh, bitte, nein!«

Der Wachmann zögerte kurz, warf einen Blick zurück zur Treppe und eilte schließlich den Gang hinunter, den panischen Schreien entgegen.

Sobald er außer Sichtweite war, drückte Justus auf *Stop* und verließ sein Versteck. Er eilte zur Treppe und schlich die Stufen empor.

An ihrem oberen Ende stand ein weißer Klappstuhl vor einer geschlossenen Holztür. Daneben auf dem Boden lag eine achtlos fallen gelassene rumänische Zeitung neben einer Thermoskanne und einem Kaffeebecher.

Justus zog Peters Dietrichset aus dem Rucksack. Viel Zeit blieb ihm nicht. Selbst wenn der Wachmann die Bluetooth-Box nicht fand – niemand schrie mehr und die Blutspur führte nirgendwohin. Früher oder später würde er auf seinen Posten zurückkehren. Im schlimmsten Fall sogar mit dem Verdacht, weggelockt worden zu sein. Bis dahin musste Justus es geschafft haben, diese Tür zu öffnen. Dies war der einzige Schritt seines Plans, auf den er sich nicht hatte vorbereiten können, denn Peter trug das Dietrichset immer bei sich und Justus hatte es erst an sich genommen, als der Zweite Detektiv zum Zähneputzen das Zimmer verlassen hatte.

Justus steckte einen Dietrich, der ihm passend schien, ins Schlüsselloch und tastete damit in der Mechanik herum. Es klickte und klackerte leise. Dies war kein Sicherheitsschloss, sondern ein simpler Mechanismus, vielleicht schon hundert Jahre alt. Dennoch war es für jemanden ohne jede Erfahrung nicht einfach, ein Schloss zu knacken.

Es tat sich nichts. Justus bohrte immer hektischer im Schlüsselloch herum und verlor mehr und mehr die Kontrolle über das, was er tat. Jede Sekunde konnte der Wachmann wieder auftauchen. Wenn er Justus auf frischer Tat ertappte, dann …

Justus schloss die Augen und atmete tief durch.

Fingerspitzengefühl, hörte er Peters Stimme in seinem Kopf. Er ließ den Dietrich los, schüttelte seine Hand aus und probierte es von Neuem. Diesmal versuchte er, das Innere des Türschlosses zu ertasten, als wäre der Dietrich die Verlängerung seiner Finger. Ein Bild entstand vor seinem inneren Auge und er war sich plötzlich ziemlich sicher, wo er Druck ausüben und wo er drehen musste.

Und tatsächlich – es machte *klick* und die Klinke ließ sich herunterdrücken. Die Tür öffnete sich. Justus schob sich hindurch und drückte sie gleich wieder zu.

Er war erleichtert, aber er hatte keine Zeit zu verlieren. Mit der Handylampe leuchtete er durch das kleine Turmzimmer. Auf einem schlichten Tisch in der Mitte des Raumes stand ein Tresor. Davon abgesehen war das Zimmer weitgehend leer. Fenster gab es nicht, nur schmale Schießscharten. Dieser Umstand machte den Raum zu einem idealen Verwahrungsort für das Medaillon. Es war unmöglich, durch die Schießscharten hineinzukommen. Zumindest für einen Menschen.

Justus stellte sich auf Zehenspitzen und tastete den Sims über der Tür ab. Für einen Augenblick befiel ihn Panik, als seine Finger nichts fanden. Doch dann berührten sie den Bat-Bot. Am Bauch der künstlichen Fledermaus war Bobs Action-Cam befestigt. Justus hatte sie dort angebracht und den Bat-Bot während des Abendessens, als niemand ihn dabei beobachten konnte, von der Wiese aus durch die Schießscharte ins Turmzimmer geflogen und auf dem Sims landen lassen. Die Kamera war mit seinem Handy verbunden gewesen. Auf diese Weise hatte Justus gewusst, wohin die Drohne flog. Innerhalb des Turmzimmers hatte er den Bat-Bot allerdings zweiundzwanzig Mal starten und landen lassen müssen, bis die Kamera endlich so ausgerichtet gewesen war, wie er es wollte. Er hatte schon befürchtet, dass der Akku vorher schlappmachen würde, aber schließlich war ihm die perfekte Landung auf dem Sims gelungen.

Justus schaltete die Kamera ein und wählte den letzten Clip aus. Er sprang einige Stunden zurück und fand schnell, was er suchte. Auf dem kleinen Bildschirm war zu sehen, wie Varga nach dem Abendessen das Turmzimmer betrat, das Drachenmedaillon aus dem Koffer nahm und den Safe öffnete, um es hineinzulegen. Justus zoomte heran und spielte die Stelle, an der der Mann den Code in das Zahlenfeld eingab, in Zeitlupe ab.

Eins-vier-drei-eins.

Justus runzelte die Stirn. Eins-vier-drei-eins. Vierzehnhunderteinunddreißig. Das Geburtsjahr von Vlad Drăculea. Ein

seltsamer Zufall. Wenn es denn einer war. Er ging zum Safe und tippte die Zahlenfolge ein. Ein kleines rotes Lämpchen erlosch, ein kleines grünes Lämpchen leuchtete auf. Er öffnete die Tür.

Der Safe war leer.

Justus sog erschrocken die Luft ein. Noch während er seinen Schock verdaute, hörte er von draußen ein elektrisches Brummen. Durch den Spalt unter der Tür sah er Licht. Der Strom war wieder da. Ihm blieb nicht mehr viel Zeit. Er schloss den Safe und hastete zur Tür. Gerade, als er die Klinke herunterdrücken wollte, hörte er Schritte auf der Treppe. Kurz darauf das Rascheln der Zeitung und das Knarren des Klappstuhls. Varga war wieder da.

Der Erste Detektiv saß in der Falle.

Fledermaus-Angriff

Bob träumte von Blut. Es schoss in Fontänen aus dem steinernen Kreuz, weil irgendjemand die Pumpe falsch eingestellt hatte. Das Blut spritzte Steven Yates, Betty und dem Priester ins Gesicht, es spritzte gegen die Kamera, es spritzte auf Annabeth, Mr Shaw, Justus, Peter, ihn selbst, es flutete den ganzen Raum und stieg rasend schnell an. Schon war es auf der Höhe der Fenster angelangt. Die Scheiben barsten klirrend und das Blut ergoss sich über ganz Transsilvanien.

Alle schrien durcheinander. Am lautesten schrie jedoch Peter. Anklagend zeigte er auf Justus und rief: »Das warst du! Du führst etwas im Schilde, das habe ich gleich gesagt. Du führst etwas im Schilde. Bob, sag doch auch mal was. Bob!«

Bob schaute verzweifelt von einem zum anderen, während das Blut ihn umströmte. Er hatte nichts zu sagen.

»Bob!«, wiederholte Peter und schubste ihn wütend. »Bob! Bob, wach auf!«

Bob wachte auf. »Herrjemine«, murmelte er. »Was ist denn los?«

Peter stand vor seinem Bett. »Du schläfst ja wie ein Stein. Hast du das nicht gehört? Da ist was durchs Fenster geflogen.«

»Dann mach's halt zu.«

»Durch die Scheibe, meine ich.«

Der dritte Detektiv richtete sich auf. Die Fensterscheibe war zertrümmert. Jetzt war er wach. »Was war denn das?«

»Ich weiß nicht, ich … habe mich noch nicht getraut, nachzusehen.«

Bob schaltete das Licht ein. In der Zimmerecke lag etwas kleines Schwarzes am Boden. Es bewegte sich. Bob schnappte sich einen Schuh als Waffe und ging langsam auf das Ding zu. Peter suchte hinter seinem Rücken Deckung. Das Ding zuckte. Nein, es flatterte mit zwei schwarzen Flügeln. »Der Bat-Bot!«

»Was?« Peter traute sich hinter Bobs Rücken hervor. »Tatsächlich. Aber wieso …« Er schaute hinüber zu Justus' Bett. Der Erste Detektiv schien zu schlafen. Aber dass er von der ganzen Aufregung nicht wach geworden sein sollte, war schwer zu glauben. Peter zog die Bettdecke weg. Leer. Er schüttelte den Kopf. »Justus ist schon wieder unterwegs. Was geht hier vor sich?«

»Das werden wir gleich wissen.« Bob werkelte an der Drohne herum.

»Was machst du denn da?«

»Meine Action-Cam. Sie hing unter dem Bat-Bot.« Bob wählte den letzten Clip aus.

Das bleiche und ängstliche Gesicht des Ersten Detektivs erschien auf dem Display. Er sprach so leise, dass er kaum zu verstehen war: »Kollegen, das ist ein Notfall. Ich sitze im Turmzimmer fest. Das Medaillon wurde geklaut. Der Täter ist wahrscheinlich schon in der Krypta. Ihr müsst mich hier rausholen. Beeilt euch! Jede Sekunde zählt.« Damit endete die Aufnahme.

»Ich wusste, dass er etwas im Schilde führt! Ist der jetzt völlig übergeschnappt?« Peter holte tief Luft, um sich voll und ganz seiner Empörung hinzugeben, doch dann ließ er die Luft langsam wieder entweichen. Ihm war gerade etwas aufgefallen. »Moment mal. Justus Jonas, der große Erste Detektiv, hat sich selbst in eine Falle manövriert? Er benötigt unsere Hilfe? Ist das zu fassen?« Er lächelte hämisch.

»Für Schadenfreude haben wir jetzt keine Zeit.«

»Also, ich schon.«

Bob schüttelte unwillig den Kopf. »Wir müssen Just irgendwie da rauskriegen.«

»Viel Spaß.«

Bob ignorierte ihn. Er wollte sich den Hilferuf des Ersten Detektivs noch einmal ansehen. Das Display war inzwischen in die Mediathek zurückgesprungen. Bob bemerkte, dass es ein weiteres Video von heute gab. Es war mehrere Stunden lang. Er spielte es ab. Es begann mit dem Flug des Bat-Bots zur Spitze des Turms im Ostflügel. Zielsicher flatterte er durch eine Schießscharte hinein ins Turmzimmer. Weniger zielsicher versuchte er dann, auf dem Sims über der Tür zu landen. Es gelang zwar schon beim dritten Versuch, aber der Bat-Bot hob immer wieder ab und landete erneut. Schließlich begriff Bob, was das alles sollte. »Just hat den Geheimcode für den Safe gefilmt.«

Während er vorspulte, kam Peter neugierig näher und schaute ihm über die Schulter.

Der Wachmann mit dem Koffer kam ins Bild und deponierte das Medaillon im Safe. Danach geschah lange nichts. Erneut spulte Bob vor.

Plötzlich bewegte sich etwas am linken Bildrand. In der Mauer öffnete sich eine Geheimtür! Eine vermummte Gestalt schob sich durch den Spalt und schlich zum Safe.

»Das ist der Kapuzentyp, den ich verfolgt habe«, stellte Peter überrascht fest. »Und wieder kein Gesicht zu erkennen, verflixt.«

Die Kapuzengestalt tippte den Code in das Tastenfeld, öffnete den Safe, nahm das Medaillon an sich und war genauso schnell wieder verschwunden, wie sie gekommen war.

»Es gibt einen geheimen Zugang zum Turm«, stellte Bob fest. »Schnell, Peter, der Plan, wo ist der?«

Peter rührte sich nicht.

Bob sah ihm prüfend in die Augen. »Komm schon, Peter, das glaubst du doch selbst nicht, dass dich das alles kaltlässt. Ja, ich weiß, Justus hat Mist gebaut, aber wir können ihn jetzt nicht im Stich lassen. So einfach ist das. Außerdem hat jemand das Medaillon geklaut. Und ich will wissen, wer. Holst du bitte den Plan?«

Peter seufzte und schob ein paar achtlos hingeworfene Klamotten hin und her, bis er den Grundriss von Schloss Piatră gefunden hatte. Er rollte ihn auf dem Schreibtisch aus. »Auf dem Ding erkennt man überhaupt nichts. Wo soll denn da eine Geheimtür sein? Da ist ja nicht mal ein angrenzender Raum.«

»Peter, du hältst den Plan falschrum. Das ist nicht der Ostturm.«

Peter drehte den Plan um neunzig Grad nach links. »Ich erkenne immer noch nichts.«

Ungeduldig nahm Bob ihm den Plan aus der Hand und legte ihn richtig hin. »Das hier ist der Ostturm.«

»Und was ist das für eine gestrichelte Linie daneben?«

»Das müsste die Ringmauer sein.«

»Das ist der einzige Teil des Schlosses, der direkt an den Turm stößt. Die Geheimtür führt also auf die Ringmauer?«

»Es sieht ganz so aus.« Bob rollte den Plan zusammen und stand auf. »Zieh dich an, Peter, wir haben keine Zeit zu verlieren!«

Die Geheimtür

Als sie fünf Minuten später hinaus auf den Burghof traten, empfing sie das silberne Leuchten des eisigen Mondes. Die Mauern des Schlosses ragten dunkel und still in den Nachthimmel hinauf. Nirgendwo brannte noch Licht.

Bob schaute suchend nach oben. »Wir müssten den Turm über die Ringmauer erreichen.«

»Diese Mauer da«, vermutete Peter und zeigte auf die Wand, in der sich das Eingangstor befand. »Und wie kommen wir da hoch?«

»Da vorn ist eine Treppe.«

Die Treppe hatte kein Geländer. Die schmalen Steinstufen ragten direkt aus der Mauer. Bob und Peter eilten die Stufen empor. Oben wehte ihnen der Nachtwind durchs Haar. Über die Zinnen hinweg hatten sie einen schönen und gleichzeitig gespenstischen Blick über die umliegenden Berge.

»Und jetzt?«

»Hier entlang.« Bob führte sie über die Mauer bis zum Ostturm.

»Vorsichtig, Bob!«, rief Peter plötzlich, packte den dritten Detektiv beim Arm und riss ihn zurück.

Auf den letzten Metern vor dem Turm war ein Stück Mauer weggebrochen. Die Stelle war ungesichert und Bob wäre beinahe hinabgestürzt. Kleine Steinchen lösten sich und fielen in die Tiefe. »Das ist ja lebensgefährlich«, keuchte Bob. »Danke, Peter.«

»Der Spalt ist nicht breit. Wir können drüberspringen. Aber da drüben ist nur ein schmaler Vorsprung. Die Mauer endet an der Außenwand des Turms.«

»Soll sie ja auch. Siehst du das steinerne Wappen an der Wand? Das ist das Familienwappen der Kretzulescos.«

»Woher weißt du das denn so genau?«

»Man findet das Wappen überall auf dem Schloss«, meinte Bob. »Ist dir das noch nicht aufgefallen? Sogar auf den Teetassen.«

Peter zuckte mit den Schultern. »Wappen sind nicht mein Fachgebiet. Weitsprung schon eher.« Peter nahm Anlauf und sprang über die Mauerlücke auf die andere Seite. »Komm, Bob.«

Bob nahm ebenfalls Anlauf und sprang. Seine Beine waren zwar nicht so lang wie Peters, aber die Lücke war zum Glück recht schmal. »Und nun?«

»Wären wir in einem Film, gäbe es jetzt einen geheimen Mechanismus in diesem Wappen, der die Geheimtür öffnet«, meinte Peter und fing an, auf den steinernen Wappenelementen herumzudrücken. Nichts tat sich. »Tja, wir sind wohl nicht in einem Film.«

»Oder aber man muss nicht drücken«, überlegte Bob und versuchte, die Elemente zu schieben. Erfolglos.

Da fanden Peters Hände einen kleinen Stern genau in der Mitte des Wappens. Der ließ sich zwar weder drücken noch schieben – aber drehen. »Bob! Hier bewegt sich was!«

Nach einer Viertelumdrehung machte es *klack* und mit einem leisen Schaben bewegte sich rechts neben dem Wappen ein Stück der Mauer. Ein Spalt wurde sichtbar. Peter steckte seine Finger hinein und schob den Spalt weiter auf, bis sich eine größere Lücke aufgetan hatte, die breit genug war, um sich hindurchzuquetschen. Dahinter lag ein schmaler, niedriger Tunnel, der bergauf führte und gerade einmal einen Meter lang war und an einer massiven Wand zu enden schien. Doch als Peter gegen diese Wand drückte, schwang sie nach außen auf – und sie standen im Turmzimmer.

»Du hast wirklich recht gehabt, Bob«, flüsterte Peter. Er sah sich um. Bis auf einen Tisch in der Mitte, auf dem der Safe stand, schien das Zimmer leer zu sein. Doch plötzlich trat jemand aus dem Schatten der Geheimtür hervor.

»Just!«, keuchte Bob erleichtert.

Sofort legte der Erste Detektiv den Finger an die Lippen und zeigte zur Tür. »Nicht so laut«, flüsterte er. »Da draußen sitzt der Wachmann. Ich hatte erwartet, dass ihr ein Ablenkungsmanöver startet. Mit einer Geheimtür habe ich nicht gerechnet.« Staunend schaute er durch die Öffnung. »Wie habt ihr die gefunden?«

»Tja«, sagte Peter und grinste zufrieden. »Der große Justus Jonas einmal ratlos. Ob du es glaubst oder nicht: Um die

Geheimtür zu finden, standen uns dieselben Informationen zur Verfügung wie dir.«

Justus runzelte die Stirn. »Unmöglich. Was für Informationen sollen das denn sein?«

»Vielleicht schaust du dir das nächste Mal das Video zu Ende an«, schlug Bob vor und zeigte ihm den Clip auf der Action-Cam.

Staunend sah Justus zu, wie die Kapuzengestalt durch den Geheimgang trat und das Medaillon stahl. »Ich musste Prioritäten setzen«, versuchte er sich rauszureden. »Angesichts meiner prekären Situation erschien es mir ratsamer, keine Zeit zu verlieren und lieber einen Hilferuf aufzuzeichnen, anstatt mir fünf Stunden Videomaterial mit ungewissem Nutzen anzusehen.«

»Es gibt auch einen Schnellvorlauf«, erinnerte Bob. »Was meinst du, wie wir darauf gestoßen sind?«

»Wirklich schlampige Detektivarbeit«, fand Peter.

Der Erste Detektiv räusperte sich unbehaglich. »Wie dem auch sei, wie habt ihr dann die Geheimtür gefunden?«

»Hiermit«, sagte Bob und zeigte ihm die Ringmauer auf dem Grundriss. »Es war nur logisch, dass sich die Geheimtür auf der Mauer befindet.«

»Und das wiederum war erstklassige Detektivarbeit«, sagte Peter.

»Dann habt ihr ja einiges von mir gelernt«, meinte Justus und nickte ihnen gönnerhaft zu. »Es hat vielleicht ein bisschen lange gedauert, aber sonst …«

Der Zweite Detektiv schüttelte fassungslos den Kopf. »Ein einfaches Danke hätte auch gereicht, Justus.«

Justus tat so, als hätte er ihn gar nicht gehört, ging an ihnen vorbei und war schon halb durch die Geheimtür, als er bemerkte, dass Bob und Peter keine Anstalten machten, mitzukommen. »Was ist los?«

»Nicht so schnell, Erster«, sagte Peter. »Wie wäre es mit einer Entschuldigung?«

»Wof–«

»Tu nicht so unschuldig. Für den ganzen Mist, den du gebaut hast. Für deine Alleingänge und so weiter.«

»Dafür haben wir jetzt keine Zeit.«

»Die nehmen wir uns«, erwiderte Bob.

»Du hattest gerade auch Zeit genug, uns einen Vortrag darüber zu halten, wie langsam und schwer von Begriff wir sind.«

»Einen *Vortrag* habe ich ganz bestimmt nicht gehalten, das würde –«

»Wir sind immer noch die drei ???«, unterbrach Bob ihn. »Und nicht der Erste Detektiv und seine zwei Handlanger.«

Herausfordernd, die Arme vor der Brust verschränkt, blickten Peter und Bob ihn an.

Justus ließ schnaufend die Schultern sinken. »Also schön. Ich entschuldige mich – unter einer Bedingung. Ich unternehme keine Alleingänge mehr, wenn ihr euch in Zukunft an unser Motto haltet: Wir übernehmen –«

»Jeden Fall«, sagte Peter. »Einverstanden.« Er streckte die Hand hoch. Justus schlug ein. Und Bob besiegelte den Pakt.

»Sind wir uns einig, dass ein gelöster Fall besser ist als ein ungelöster?«, fragte der dritte Detektiv.

Alle nickten und quetschten sich durch die Geheimtür nach draußen.

Justus wich erschrocken vor dem Loch in der Mauer zurück.

»Es ist ganz einfach«, versicherte Bob. »Nur ein großer Schritt.«

Der Erste Detektiv nickte beklommen, ließ Bob aber den Vortritt. Als er sah, dass auch der Kleinste von ihnen es mühelos über die Lücke schaffte, setzte er nach und atmete erleichtert auf – aber erst, nachdem er zwei Meter Abstand zwischen sich und das Loch gebracht hatte.

Sie liefen die Treppe hinunter, durch den Hof und ins Schloss. Als sie endlich vor der Kammer im Westflügel standen, tastete Peter seine Hosentasche ab. »Nanu? Habe ich etwa –«

Justus reichte ihm das Dietrichset und lächelte entschuldigend.

Peter verkniff sich einen bissigen Kommentar und öffnete in Windeseile die Tür. Der Schrank war zur Seite gerückt. Ohne zu zögern, kletterten sie durch das Loch.

Durch den Gang, der zur Pforte der Krypta führte, pulsierte das Rot des stummen Alarms, den sie gerade selbst ausgelöst hatten. Aber niemand war hier, der hätte gewarnt werden können. Die Pforte stand weit offen. In der kreuzförmigen Einbuchtung steckte das Medaillon.

Das leere Grab

»Verdammt«, zischte Justus. »Hoffentlich sind wir nicht zu spät.«

Bob legte den Zeigefinger an die Lippen. »Leise jetzt!«

Nacheinander traten sie durch die Pforte.

Die Krypta war größer als erwartet. Ihre Wände waren nicht gemauert, sondern bestanden aus rohem Felsen, was sie wie eine natürliche Höhle aussehen ließ. Nur die Säulen, die die hohe Gewölbedecke hielten, und die Ebenmäßigkeit des Bodens verrieten, dass es ein künstlich angelegter Raum war.

Links und rechts ragten mit Steinplatten bedeckte Grabmäler aus dem Boden. Die Inschriften waren unter einer dicken Staubschicht begraben. Im Zentrum der Krypta befand sich ein treppenförmiger Sockel. Darauf die lebensgroße Statue einer Frau. Die dazugehörige Grabstätte lag davor. Sie war von einem Baustrahler angeleuchtet und im Licht dieses Strahlers war jemand damit beschäftigt, das Grab mit einer Schaufel auszuheben.

Die Gestalt bemerkte die Jungen nicht, da sie ihnen den Rücken zugewandt hatte. Die Schaufeln voller Erde flogen auf einen recht ansehnlichen Haufen daneben.

Auf ein Zeichen von Justus schlichen die drei ??? näher. Bob holte seine Action-Cam aus der Tasche und nahm aus der hohlen Hand ein Video auf. In sicherer Entfernung blieben sie stehen.

»Legen Sie das Werkzeug beiseite!«, sagte Justus laut. Seine Stimme hallte unheimlich wider.

Die Gestalt zuckte zusammen und verharrte für eine Sekunde, bevor sie sich langsam aufrichtete.

»Fallen lassen, habe ich gesagt, Luciana.«

Bob und Peter starrten Justus entgeistert an.

»Luciana?«, wiederholte Bob ungläubig.

Da drehte sich die Gestalt um und zog die Kapuze vom Kopf. »Jungs«, sagte Luciana ein wenig außer Atem. Schweiß perlte auf ihrer Stirn. »Wie seid ihr … Ach, egal. Ihr kommt genau

im richtigen Moment.« Keuchend kletterte sie aus dem Loch heraus, wobei sie den Spaten wie einen Gehstock benutzte. »Ihr hattet recht mit allem, was ihr neulich behauptet habt. Repta wollte –«

»Ersparen Sie uns das, Luciana. Wir wissen inzwischen, dass das hier nichts mit Repta zu tun hat. Sondern mit Ihnen.«

»Just«, flüsterte Peter kaum hörbar neben ihm. »Bist du wirklich sicher? Lass sie doch erst mal ausreden.«

»Nicht nötig, Zweiter«, antwortete Justus in normaler Lautstärker. »Es ergibt alles Sinn. Sie sind eine Expertin für Transsilvanien, für Schloss Piatră und für Vlad Drăculea. Damit hatten Sie von Anfang an das perfekte Hintergrundwissen, um diese Tat zu begehen. Vermutlich waren Sie schon länger von der Idee fasziniert, Vlads Rubin zu finden, den Sie hier in der zugemauerten Krypta vermuteten. Sie wussten nur nicht, wie Sie das anstellen sollten. Dann hörten Sie von den Dreharbeiten, die auf Schloss Piatră stattfinden sollten, und fassten einen Plan. Sie brachten sich als historische Beraterin ins Spiel und hatten fortan uneingeschränkten Zugang zum Schloss und sämtlichen Räumlichkeiten. Durch Ihre Recherchen wussten Sie außerdem, dass Sie das Drachenmedaillon brauchen würden, um den Zugang zur Krypta zu öffnen. Zu Ihrem Glück stehen Ihnen als Historikerin so manche Türen offen, die normalerweise verschlossen bleiben. Zum Beispiel die zum Büro des Museumsdirektors.«

Bob schnappte überrascht nach Luft. »Du meinst, der Deal mit dem Museum war von Anfang an nur dazu da –«

»Das Medaillon auf das Schloss zu bringen, exakt, Bob. Und mit ihrer Kenntnis von der Geheimtür schlug Luciana dann das Turmzimmer als idealen Aufbewahrungsort vor. Die schwierigste Aufgabe dürfte es gewesen sein, Annabeth davon zu überzeugen, dass es sich lohnt, das echte Medaillon für den Dreh zu benutzen, anstatt ein Replikat anfertigen zu lassen. Aber Sie haben offenbar großen Einfluss auf alles, was hier passiert. Sogar den Code für den Safe haben Sie ausgesucht. Eins-vier-drei-eins. Vierzehnhunderteinunddreißig.«

Bob war immer noch fassungslos. »Sie haben gesagt, es gäbe keinen Schatz«, sagte er vorwurfsvoll. »Sie wussten von Anfang an, dass wir der Sache auf der Spur waren, und haben uns an der Nase herumgeführt. Vor allem mich.«

Luciana hatte die ganze Zeit schweigend und wie erstarrt dagestanden. Jetzt erst legte sie den Spaten beiseite und ging einen Schritt auf die Jungen zu. Ihr Blick hatte etwas Flehendes. »Ihr versteht das nicht«, sagte sie leise.

»Wenn das alles so stimmt, was Justus gesagt hat, verstehen wir ganz gut«, antwortete Peter. »Also, wo ist der Schatz?«

»Sie hat ihn noch nicht gefunden«, sagte Justus. »Wozu sonst die Graberei?«

Luciana senkte den Kopf. »Ich sage ja, ihr versteht das nicht. Es ist meine Aufgabe, den Schatz zu finden. Ich tue das für meinen Großvater.«

»Für Ihren Großvater?« Peter runzelte die Stirn. »Jetzt komme ich nicht mehr mit.«

»Mein Großvater hat damals gemeinsam mit Sorin Kretzulesco, dem Vater der Gräfin und Alexandru, die Bruderschaft gegründet.«

»Georghe Popescu war Ihr Großvater?«, fragte Bob überrascht.

Luciana nickte. »Er war sich sicher, dass der Rubin hier sein muss. Vlad hatte ihn schließlich seiner geliebten Elisabeta geschenkt. Und da der Rubin nirgendwo anders aufgetaucht war, musste sie ihn mit ins Grab genommen haben. Mein Vater drängte Kretzulesco dazu, in der Krypta zu graben. Der weigerte sich, also drang mein Großvater heimlich hier ein. Kretzulesco erwischte ihn jedoch dabei. Die beiden gerieten in einen großen Streit. Als kurz darauf Alexandru in der Nacht des Aufnahmerituals spurlos verschwand, gab Kretzulesco meinem Großvater die Schuld. Er glaubte, Alexandrus Verschwinden wäre Vlads Bestrafung, weil das Grab seiner Geliebten geschändet worden war. Mein Großvater wurde aus der Bruderschaft verbannt.«

»Er bekam keine Chance mehr, seine Suche fortzusetzen, da die Krypta wenig später zugemauert wurde«, spann Justus die Geschichte fort.

»Darum tun Sie es jetzt an seiner Stelle«, sagte Bob.

»Dann waren Sie das, die uns an der Pforte zur Krypta überrascht hat?«, fragte Peter zweifelnd. »Die Person, der ich das Leuchtpulver hinterhergeworfen habe? Das kann nicht sein. Ich habe zwar das Gesicht nicht gesehen, aber der Körperbau … Es war definitiv ein Mann.«

»Gut beobachtet, Zweiter. Das legt die Vermutung nahe, dass Luciana nicht allein gehandelt hat. Eine komplette Mauer abzutragen, wäre für eine Person in so kurzer Zeit sehr schwierig gewesen. Zumindest, ohne tagelang vollkommen übermüdet durchs Schloss zu laufen.«

»Repta«, schlussfolgerte Peter. »Sie steckt mit Repta unter einer Decke. Raffiniert.«

»Nahe dran, Zweiter. Doch du hast den Gegenbeweis mithilfe des Leuchtpulvers ja selbst geliefert. Nein, es war nicht Repta. Aber es muss jemand gewesen sein, der bereits vor Beginn der Dreharbeiten Zugang zum Schloss hatte, der sich hier ungestört bewegen und der die Gräfin sedieren konnte.«

»Nicht schlecht«, sagte plötzlich jemand hinter ihnen. »Wirklich nicht schlecht.«

Die drei ??? drehten sich um.

Timeo betrat die Krypta und kam auf sie zu. Er trug die gleiche dunkle Kleidung mit der großen Kapuze wie Luciana. Mit beiden Händen schwang er bedrohlich eine Spitzhacke.

»Also doch«, murmelte Peter.

»Wieso bist du schon hier?«, fragte Luciana gehetzt. »Ich habe doch gesagt, ich brauche noch mehr Zeit.« Sie nahm ihre Schaufel auf, sprang zurück in das Loch und fing wieder an zu graben.

»Sie stecken also unter einer Decke«, sagte Justus. »Sie haben –«

»Ich weiß, was ich habe«, unterbrach Timeo ihn unwirsch. »Du musst es mir nicht erklären. Luciana! Hör auf zu graben. Sieh doch, wie tief das Loch schon ist. Du wirst nichts mehr finden. Wir müssen hier weg.«

Doch Luciana buddelte nur noch hektischer. Lose Erde flog durch die Luft.

»Komm schon, Luciana.« Timeo ging auf sie zu.

Justus nickte seinen Freunden kaum merklich zu. Dies war der geeignete Moment, abzuhauen! Doch sofort hob Timeo

die Spitzhacke und ließ sie in einem weiten Bogen durch die Luft sausen. Sie kamen nicht an ihm vorbei. »Schön hiergeblieben. Să mergem, Luciana!«

»Aber der Schatz«, protestierte Luciana.

»Begreifst du es nicht? Es gibt keinen Schatz! Sonst hättest du ihn längst gefunden.«

Luciana wandte sich um. Tränen der Wut und der Enttäuschung schimmerten in ihren Augen. »Was weißt du schon. Ich bezahle dich nicht fürs Denken.«

Timeo sagte etwas auf Rumänisch und sie stritten kurz miteinander. Doch schließlich schien Timeo Luciana überzeugt zu haben. Resigniert ließ sie die Schaufel sinken, kletterte aus dem Loch und ging zu Timeo. Dabei sah sie den Jungen nicht ins Gesicht. Timeo baute derweil den Baustrahler ab.

»Was hast du mit ihnen vor?«, fragte Luciana. »Willst du sie etwa hier zurücklassen? Sie sind doch noch Kinder.«

»Kinder, die zu viel wissen«, sagte Timeo. »Wenn wir sie laufen lassen, rennen sie direkt zur Polizei.«

»Nein, ganz bestimmt nicht!«, beteuerte Peter.

»Ihr hättet von Anfang an die Finger von der Sache lassen sollen.« Timeo schüttelte den Kopf. »Selbst schuld.« Er klemmte sich den Baustrahler unter den Arm und bewegte sich rückwärts auf den Ausgang zu. »Ihr bleibt da stehen.«

Luciana folgte ihm. Ein letztes Mal schaute sie zu den drei Detektiven zurück. Ihr verzweifelter Blick blieb auf Bob ruhen. Stumme Tränen rannen ihr übers Gesicht. Dann senkte sie den Kopf, drehte sich um und eilte aus der Krypta.

Auch Timeo trat durch die Pforte und stemmte sich von außen gegen sie. Langsam schloss sich der Ausgang.

»Sie können uns doch nicht hier einsperren!«, rief Justus.

»Stopp!«, rief Bob.

Die drei ??? rannten zur Pforte. Doch in dem Moment schloss sie sich mit einem dumpfen Wumms. Als sie versuchten, sie zu öffnen, rastete hörbar das uralte Schloss ein. Das Geräusch verhallte in der Krypta.

Alexandrus Geheimnis

»Aufmachen!« Peter trommelte gegen die Pforte und stemmte sich mit Wucht dagegen. Aber auch mit vereinten Kräften bewegte sie sich keinen Millimeter.

»Es ist zwecklos, Kollegen«, seufzte Justus.

Peter sah die Ratlosigkeit in Justus' Gesicht und ganz kurz stieg Wut in ihm auf. »Das ist alles –« … *deine Schuld*, lag ihm auf der Zunge. Aber das stimmte nicht. Es war nicht Justus' Schuld. Sie waren gemeinsam in die Krypta gegangen und sie hatten die Täterin entlarvt. Dass Timeo mit Luciana zusammenarbeitete, hatte niemand vorhersehen können. »Das ist alles ein Riesenmist«, sagte Peter und trat gegen die Pforte. »Wir sind erledigt. So was von erledigt.« Nervös begann er, auf und ab zu gehen.

»Jetzt beruhige dich mal bitte«, sagte Bob.

»Wie soll ich mich denn beruhigen?«

Bob zuckte mit den Schultern und hob die Action-Cam, die die ganze Zeit mitgelaufen war. »Zumindest haben wir ein einwandfreies Geständnis.«

»Toll, Bob. Und was bringt uns das hier unten? Kein Mensch weiß, dass wir in dieser bescheuerten Krypta sind. Wie soll man uns denn hier bitte finden?« In diesem Moment erlosch Justus' Handylampe. Peter bemerkte, dass auch seine Lampe nicht mehr so hell leuchtete wie noch vor zehn Minuten. »Auch das noch.«

»Wir dürfen jetzt nicht aufgeben«, sagte Bob. »Es gibt bestimmt einen Weg hier raus. Stimmt's, Just?«

Der Erste Detektiv ging zurück zur Statue und lief dort auf und ab, während er nachdenklich seine Unterlippe bearbeitete. »Niemand verschwindet spurlos«, murmelte er.

»Na, prima«, sagte Peter. »Jetzt hat unser Erster auch noch den Verstand verloren.«

»Mitnichten, Zweiter«, sagte Justus, ohne seine Wanderung zu unterbrechen oder Peter auch nur anzusehen. »Ich stelle lediglich Überlegungen zu einer Person an, die in einer ähnlichen Situation gewesen ist wie wir.«

»Du sprichst in Rätseln.«

»Er meint Alexandru«, klärte Bob ihn auf. »Nicht wahr?«

Justus nickte. »Wir wissen, dass Alexandru damals in die Bruderschaft aufgenommen werden und zu diesem Zweck eine Nacht in der Krypta verbringen sollte.«

»Ja. Und?«

»Und er muss irgendwie wieder herausgekommen sein. Denn niemand verschwindet spurlos.«

»Wenn Vlad ihn geholt hat, vielleicht schon.«

Plötzlich sog Bob scharf die Luft ein. Ihm war gerade etwas eingefallen. »Es war nicht das erste Mal, dass Alexandru in die Krypta gesperrt wurde.«

»Nicht das erste Mal?«, fragte Justus. »Wie kommst du darauf?«

»Die Gräfin hat es mir erzählt.«

»Du hast mit ihr gesprochen?«

»Heute. Ich bin ihr mehr oder weniger in die Arme gelaufen. Sie erzählte mir, dass ihr Vater Alexandru damals häufiger eingesperrt hat. In einen Keller. Um ihn zu bestrafen, weil er sich mehr für seine Bücher als für den Drachenorden interessierte. Aber ich glaube, sie meinte gar keinen Keller. Sie meinte die Krypta!«

Justus runzelte die Stirn. »… das könnte ja bedeuten, dass …«

»Ja, nicht wahr?« Bob nickte aufgeregt.

»Verzeihung, würde mich mal jemand aufklären?«, bat Peter.

»Alexandru wurde hier unten eingesperrt«, sagte Justus. »Mehr als einmal. Er muss es gehasst haben.«

»Und gefürchtet«, stimmte Bob zu.

»Richtig. Und in der Nacht des Aufnahmerituals verschwand er dann scheinbar spurlos. Wir wissen aber, dass das unmöglich ist. Was wäre, wenn Alexandru verschwinden *wollte*? Um seinem brutalen Vater und der Bruderschaft zu entfliehen?«

»Das wäre wirklich möglich«, murmelte Peter. »Aber nur etwas zu *wollen*, hilft ja niemandem. Ich *will* hier auch raus. Und weiß trotzdem nicht, wie.«

Nachdenklich betrachtete Justus die Statue von Elisabeta. »Alexandru hatte in den Nächten, die er hier verbringen musste, ausreichend Zeit, über diese Frage nachzudenken. Er hatte Gelegenheit, diese Krypta zu untersuchen. Und er verfügte über genügend Wissen über diesen Ort, um vielleicht einem Geheimnis auf die Spur zu kommen.«

»Was für einem Geheimnis?«, fragte Peter, der schon wieder das Gefühl hatte, den Faden zu verlieren.

»Wie vor hunderten von Jahren Vlad Drăculea hier unbemerkt ein und aus gehen konnte. Die Krypta war sein und Elisabetas geheimer Treffpunkt, denn Vlad hatte viele Feinde. Um seine Geliebte zu schützen, hat er sich vermutlich reingeschlichen.«

Jetzt endlich begriff Peter, worauf Justus hinauswollte. »Du meinst, es gibt hier noch eine Geheimtür?«

»Einen Geheimgang, präzise gesagt. Und Alexandru fand ihn, nachdem er ähnliche Überlegungen angestellt hatte wie ich.«

Hoffnungsvoll schauten sie sich um.

»Ich sehe hier aber nur Säulen.«

»Auf dem Grundriss war auch nichts von einem Geheimgang zu sehen«, meinte Bob.

»Geheimgänge sind, wie der Name schon verrät, geheim. Darf ich?« Justus lieh sich Bobs Licht und ging damit zur hintersten Wand der Krypta. »In der Regel sind sie so kurz wie möglich gehalten und führen meist direkt hinter der Wehrmauer ins Freie, und zwar an einer Stelle, die für Feinde nicht einsehbar ist. Da wir uns hier im südwestlichen Trakt befinden und der Haupteingang zum Schloss im Norden liegt, wäre dies der kürzeste Weg nach draußen.« Er zeigte auf die Stelle in der Wand, die direkt hinter der Statue lag. »Wenn ich also ungesehen in die Krypta wollte, würde ich mir hier einen Zugang bauen. Und der würde dann auf der Rückseite des Schlosses beim See enden.«

Sie begannen, die Wand abzutasten und gegen den Stein zu

klopfen. Danach untersuchten sie alle Säulen in der Nähe. Nirgendwo war etwas zu finden. Stattdessen verlosch Peters Handylampe endgültig. Nun leuchtete nur noch Bobs. Frustriert hockten sie sich auf den Sockel der Statue.

»So muss sich Alexandru damals auch gefühlt haben«, murmelte Bob.

»Vielleicht ist das ja alles Quatsch und er wurde wirklich von Vlad geholt«, sagte Peter leise.

»Dann wäre jetzt der richtige Zeitpunkt für Vlad, aufzutauchen«, fand Bob. Sein Handylicht flackerte ein letztes Mal, bevor es ebenfalls erlosch. »Herzlichen Glückwunsch.«

Die Dunkelheit war undurchdringlich. Niemand sagte mehr etwas. Alle lauschten. Nur ihr eigener Atem war zu hören. Bis Peter etwas aus der Hosentasche zog und damit hantierte.

Zischend loderte eine kleine Flamme auf und erschuf eine Insel aus warmem Licht.

»Deine *Wonderland*-Streichhölzer«, staunte Bob.

»Ich habe doch gesagt: Man weiß nie, wann man sie mal brauchen kann.«

»Wenn du die ganze Packung abbrennst, haben wir vielleicht fünf Minuten mehr Licht«, sagte Bob. »Toll.« Die Flamme flackerte und erlosch. »Vielleicht auch nur zwei Minuten.«

Peter entzündete ein neues Streichholz. Es erlosch ebenfalls sofort. »Hat einer von euch gepustet?«

»Nein«, sagte Justus und tastete nach Peters Hand. »Darf ich mal?«

Der Erste Detektiv stand auf, zündete ein Streichholz an und schützte die Flamme mit der hohlen Hand. Behutsam ging er damit auf und ab. In der Nähe der Statue fing die Flamme an zu flackern.

Mit dem nächsten Streichholz fand Justus heraus, dass der Windzug, der die Flamme ausblies, am Fuß der Statue am stärksten war.

Das dritte Streichholz brachte den Beweis: Dort, wo die Statue in den Sockel überging, gab es einen Spalt, aus dem kalte Luft strömte.

»Helft mir mal, Kollegen!«, sagte Justus aufgeregt.

In kompletter Dunkelheit stemmten sie sich gegen die Statue. Ruckend verschob sie sich um ein paar Zentimeter.

»Fester!«, forderte Peter.

Jetzt, da sie die Bewegungsrichtung kannten, war es einfacher. Mit einem steinernen Schaben drehte sich die Statue um

neunzig Grad zur Seite. Dort, wo sie gestanden hatte, führte nun ein schmaler Schacht in die Tiefe. Justus entzündete ein weiteres Streichholz und leuchtete hinein. »Da sind Stufen in den Stein gehauen.« Er ließ das Streichholz los.

Es fiel nur wenige Meter tief, bevor es landete und verlosch.

»Nichts wie runter«, entschied Bob und übernahm die Führung.

Nacheinander kletterten sie den Schacht hinab. Der Luftzug war nun deutlicher zu spüren. Unten schloss sich ein schmaler, niedriger Tunnel an, der in den blanken Felsen geschlagen worden war. Er war gerade breit genug, um sich nacheinander hindurchzuquetschen. Peter entzündete ein Streichholz nach dem nächsten, aber sie verloschen alle rasch und die Packung war bald leer.

»Das war das letzte«, murmelte er und ließ das abgebrannte Hölzchen los.

Sie tasteten sich durch absolute Finsternis weiter.

»Da vorn!«, rief Bob. »Ich sehe Licht!«

Sie stolperten vorwärts, bis eine Wand aus Gestrüpp den Weg versperrte. Bob riss die Ranken und Zweige auseinander – und stand im Freien!

»Geschafft!«, jubelte Peter. Aber die Freude verflog, als er erkannte, wo genau sie sich befanden: auf einem schmalen Felsvorsprung, der aus einer Felswand ragte und von dem aus es ringsum senkrecht in die Tiefe ging. Weit unter ihnen lag wie ein schwarzer Spiegel der See.

Die Morgendämmerung färbte den Himmel grau, während der Wald noch in tiefes Schwarz getaucht war. Der Zweite Detektiv schaute nach oben. Hoch über ihnen ging die Felswand in die Außenmauer des Schlosses über. Unmöglich, dort hinaufzuklettern.

Als Justus in die Tiefe spähte, riss er die Augen auf, taumelte zurück und krallte sich an den Ranken fest, die den Geheimgang von außen versteckt hatten. »Du meine Güte!«

Auch Bob sah hinunter. »So hoch ist es doch gar nicht. Vielleicht acht Meter?«

»Zu hoch für mich«, widersprach Justus, schloss die Augen und drückte sich so nahe an die Felswand wie möglich, während seine Finger nach einem sicheren Halt tasteten.

Währenddessen sah Peter sich um. »Da war anscheinend mal ein schmaler Weg in den Felsen gehauen, seht ihr? Über den kam man hier rauf oder runter. Aber der ist im Laufe der

Jahrhunderte zusammengebrochen. So, wie es aussieht, gibt es nur zwei Wege weg von hier. Entweder zurück durch den Geheimgang oder –« Er streckte seinen Arm über den Abgrund und zeigte nach unten.

»Das kann nicht dein Ernst sein«, fiel Justus dem Zweiten Detektiv aufgebracht ins Wort.

Peter nickte. »Doch. Wir müssen springen.«

»Da brechen wir uns doch sämtliche Knochen«, war Justus überzeugt.

»Keine Sorge, das Wasser ist tief genug«, sagte Peter.

Der Erste Detektiv schielte zum Rankenvorhang. »Vielleicht sollten wir doch noch mal in die Krypta und nach einem anderen –«

Bob schüttelte stumm den Kopf. »Komm schon. Wir verlieren nur unnötig Zeit.« Er und Peter streckten Justus ermunternd ihre Hände entgegen.

Justus schluckte, nickte zaghaft, trat beherzt einen Schritt nach vorn und ergriff die Hände seiner Freunde. Er schaute in die Tiefe. Der See schien eine Meile unter ihnen zu liegen. Er übte einen unheimlichen Sog auf ihn aus, als wollte er ihn hinabziehen. Justus wurde schwindlig. Nein, er konnte das nicht, auf gar keinen Fall, er wollte sofort wieder umkehren, er musste –

»Los geht's«, unterbrach Peter seinen Gedankenstrudel. »Auf drei.«

»Eins«, hörte Justus sich sagen.

»Zwei«, sagte Peter.

»Drei!«, riefen alle gemeinsam und sprangen.

Der Sturz in die Tiefe war kurz und gleichzeitig endlos. Das Wasser war hart und schlug eisig über ihnen zusammen. Justus kniff die Augen zusammen, alles um ihn herum blubberte, seine Kleidung sog sich voll. Er wurde in die Tiefe gezogen und wusste nicht mehr, wo oben und unten war. Einen Moment lang ruderte er panisch umher, doch dann wurde er automatisch nach oben getrieben und zwei Beinschläge später durchbrach er prustend die Wasseroberfläche.

»Na, endlich«, rief Peter erleichtert. Anscheinend waren Bob und Peter schon Sekunden vor ihm aufgetaucht.

Justus schaute an der Felswand hinauf. Sie hatten es tatsächlich geschafft. Sie waren gesprungen. Er stieß einen johlenden Schrei aus. Dann kraulte er auf das Ufer zu. »Wo bleibt ihr denn, Kollegen?«, rief er lachend. »Wir haben einen Fall zu lösen!«

Die Gräfin hat Fragen

Sie mussten am Seeufer entlanglaufen und dann durch ein kleines Waldstück, um zur Vorderseite des Schlosses zu kommen. Dort den flachen Hang des Burggrabens hinauf und über die Brücke zum Haupteingang.

»Seht mal«, keuchte Bob, als sie die Brücke erreichten. »Polizei!«

Zwei Autos, auf denen *Politia* stand, parkten vor dem Schloss. Im Innenhof herrschte reges Treiben. Leute von der Filmcrew trugen Kisten und Stative hinaus. Etliches Equipment stapelte sich bereits in einer Ecke.

»Die Neuigkeiten scheinen sich herumgesprochen zu haben«, sagte Bob und schaute besorgt auf die Kisten. »Aber warum tragen die das ganze Zeug raus, das sie erst vor drei Tagen reingetragen haben?«

Die drei ??? eilten ins Schloss, die Treppe hinauf und in den Rittersaal. In einer Ecke wurde Mr Varga von zwei Polizisten befragt, was wiederum Betty und die Hälfte des Teams aus einer anderen Ecke angespannt beobachteten.

Steven Yates lief aufgebracht mit seinem Handy hin und her und suchte nach Empfang. Als er Justus sah, deutete er zu Mr Shaw und Hank, die gerade mit dem Zusammenpacken einer Kiste beschäftigt waren. »Ihr werdet gesucht, Jungs«, raunte er und war gleich wieder weg.

Peters Vater bemerkte die drei Jungen.

»Dad«, sagte Peter.

»Wo habt ihr denn schon wieder gesteckt?«, fragte Mr Shaw aufgebracht. »Hier ist die Hölle los. Das Drachenmedaillon wurde gestohlen. Die Polizei durchsucht bereits das ganze Schloss. Annabeth steht unter Verdacht. Und die Gräfin ist fuchsteufelswild. Sie macht das ganze Filmteam für den Diebstahl verantwortlich. Sie hat uns rausgeschmissen. Spätestens heute Mittag sollen wir alle verschwunden sein.« Argwöhnisch sah er ihnen in die Augen. »Das hat doch nicht etwa mit euch zu tun, oder? Augenblick mal, wie seht ihr denn überhaupt aus? Wieso seid ihr so nass? Was habt ihr wieder angestellt?«

»Nichts, Mr Shaw«, sagte Justus. »Annabeth ist unschuldig.«

»Natürlich ist sie das. Es war niemand von uns, da bin ich ganz sicher. Aber das bedeutet, dass der Täter fliehen konnte.«

»Die.«

»Wie bitte?«

»Die Täter«, präzisierte Justus. »Wir haben nämlich ...« Er unterbrach sich, schaute zu Peter und nickte ihm aufmunternd zu.

»Wir haben nämlich diesen Fall gelöst«, sagte Peter. Bob reichte ihm die Kamera und Peter spielte seinem Vater das Video aus der Krypta vor.

Wenig später klopften die drei ??? leise an die Tür zu Alexandrus Zimmer.

»Herein«, kam es von innen.

Zum ersten Mal sahen sie Alexandrus altes Zimmer bei Tageslicht. Die Gräfin stand am Fenster und blickte hinaus auf den Hof, während Annabeth auf sie einredete.

»Ich verstehe ja, dass Sie wütend sind, aber wenn wir die Dreharbeiten nun wirklich abbrechen müssen, dann ...« Annabeth verstummte. Hilflos sah sie die drei Detektive an und verließ mit hängenden Schultern den Raum.

Nun waren die Jungen mit der Gräfin allein. Nachdem Annabeth gegangen waren, drehte sich Codrina Kretzulesco zu ihnen um.

»Ihr seid also Detektive? Das hätte ich mir eigentlich denken können. Ich bin wirklich erbost über das, was hier auf dem Schloss direkt unter meinen Augen geschehen ist. Der Kommissar hat mir gerade berichtet, was ihr zu Protokoll gegeben habt. Aber er muss etwas falsch verstanden oder übersetzt haben. Ihr habt doch nicht wirklich herausgefunden, wer hinter dem Diebstahl steckt, oder?«

»Doch«, sagte Justus und bestätigte in kurzen Worten, was der Gräfin bereits zu Ohren gekommen war. »Nach Luciana und Timeo wird bereits gesucht.«

Sie zog staunend die Augenbrauen hoch. »Das ist ... ganz und gar erstaunlich, was ihr da vollbracht habt.«

»Das ist noch nicht alles«, sagte Justus und räusperte sich. »Im Rahmen unserer Ermittlungen bin ich auf etwas gestoßen –«

Bob gab Justus einen kleinen Stoß und bedachte ihn mit einem vorwurfsvollen Blick.

»Ich meine, *wir* sind auf etwas gestoßen, das von Interesse für Sie sein dürfte. Es gibt eine logische Erklärung für das Verschwinden Ihres Bruders.«

Ein kaum wahrnehmbares Zittern durchfuhr die Gräfin. »Wovon sprecht ihr?«

»Vom Geheimgang in der Krypta. Alle Indizien deuten darauf hin, dass Alexandru damals von diesem Gang wusste und geflohen ist.«

»Zumindest sind wir uns sicher, dass er nicht von Vlad geholt wurde«, fügte Peter hinzu.

»Ein Geheimgang«, wiederholte die Gräfin und Hoffnung flackerte in ihrem Blick. Sie versuchte, ihre Aufregung zu kontrollieren, und ging wieder zum Fenster. »Ich habe nie geglaubt, dass er geholt wurde. Oder einfach verschwand. Ich habe immer gedacht, dass ihm irgendwie die Flucht gelungen sein müsste. Und ein Geheimgang … das klingt ganz nach meinem Bruder.« Sie ging zum Bücherregal und strich mit den Fingern über die vielen brüchigen Buchrücken, über die wissenschaftlichen Gerätschaften und die gerahmten Auszeichnungen an der Wand. Bei dem kleinen Tisch, auf dem sich Alexandrus Globus und sein Lieblingsbuch befanden, machte sie halt. »Unser Vater erzog uns nach den strengen Regeln der Bruderschaft. Alexandru aber war ein neugieriger Junge, der sich für die Wissenschaft begeisterte. Er war ein kleiner Erfinder. Ständig bastelte er an etwas. An Lastkränen für die Burgtürme, an Wasserfiltern für den Brunnen …« Sie zog die Zeichnung der seltsamen zylinderförmigen Apparatur, die anscheinend eine von Alexandrus Erfindungen darstellte, aus dem Jules-Verne-Buch. »Meinem Vater gefiel das nicht. Ich war damals noch zu klein, um den Streit zwischen den beiden richtig zu verstehen. Erst Jahre nach Alexandrus Verschwinden begriff ich, dass das Leben hier die Hölle für ihn gewesen sein muss. Ich begann, ihn zu suchen, aber jede Spur verlor sich schnell. Ich lernte, das zu akzeptieren.«

»Gräfin Codrina«, sagte Bob, »wir glauben, dass Ihr Bruder noch am Leben sein könnte.«

Sie schüttelte den Kopf, als versuchte sie, die aufkeimende Hoffnung zu verscheuchen. »Warum hat er sich dann all die Jahre nicht bei mir gemeldet?«

Die drei ??? blieben ihr eine Antwort schuldig, denn es klopfte an der Tür. Die Gräfin atmete einmal tief durch. »Herein.«

Mr Shaw trat ein. Er wirkte aufgeregt. »Sie haben sie. Die Polizei hat Luciana und ihren Komplizen Timeo kurz vor der moldawischen Grenze gefasst.«

»Und sie wurden aufgrund der Hilfe dieser jungen Männer festgenommen?«, fragte die Gräfin. »Was ist mit dem Medaillon?«

»Das hatten sie bei sich. Es wurde sichergestellt.«

Justus, Peter und Bob jubelten innerlich.

»Ohne euch drei wäre es wohl unwiederbringlich verloren gewesen und die Täter wären über alle Berge.« Mr Shaw ging zu ihnen, legte Bob und Justus eine Hand auf die Schulter und sagte: »Wirklich gute Arbeit, Jungs. Ich glaube, ich muss mich bei euch entschuldigen. Vor allem bei dir, Peter.« Reumütig schaute er seinem Sohn in die Augen.

Peter war unendlich erleichtert. »Schon in Ordnung, Dad. Detektive sind nicht nachtragend.«

Die Jungs lachten und Mr Shaw nahm seinen Sohn stolz in die Arme.

Der Erste Detektiv wandte sich an die Schlossherrin. »Gräfin Codrina, wie Sie hören, sind die Täter gefasst worden und das Medaillon ist unversehrt. Bitte werfen Sie die Filmcrew nicht vom Schloss. Annabeth und das Team sind vollkommen unschuldig an allem, was passiert ist.«

Nachdenklich musterte die Gräfin die drei ???. Schließlich sagte sie: »Mr Shaw, würden Sie Mrs Parker bitte ausrichten, dass die Dreharbeiten wie geplant fortgesetzt werden können?«

Mr Shaw war überwältigt. »Selbstverständlich. Vielen Dank, Gräfin.«

Gräfin Codrina Kretzulesco lächelte. »Danken Sie nicht mir. Danken Sie diesen drei jungen Herren.«

»Na, dann kommt mal mit, Jungs«, sagte Mr Shaw strahlend. »Ihr könnt es Annabeth selbst erzählen.«

»Einen Augenblick noch«, bat die Gräfin, als die drei ??? schon zur Tür strebten. Sie zögerte einen kurzen Moment, bevor sie es wagte, ihre drängendste Frage zu stellen: »Wenn mein Bruder wirklich noch leben sollte – habt ihr eine Idee, wo er ist?«

Justus schaute zu dem alten Globus, auf dem etliche Küstenstädte mit bunten Fähnchen markiert waren. »Eine Idee?«, murmelte er und zupfte an seiner Unterlippe.

Professor Aronnax

»Da wären wir«, sagte Justus. Der Bus wurde langsamer und stoppte an der Haltestelle des *Institute of Marine Biology* in San Diego. Die Türen öffneten sich zischend und die drei ??? stiegen aus.

Vier Tage waren seit ihrer Rückkehr aus Rumänien vergangen. Das Praktikum war beendet. Den Rest ihrer Ferien würden sie zu Hause in Rocky Beach verbringen und vielleicht einen weiteren Fall an Land ziehen. Doch zunächst galt es, den Fall *Erbe des Drachen*, wie Bob ihn genannt hatte, zu einem Ende zu bringen. Allen voran die Antwort auf die Frage zu finden, wohin Alexandru Kretzulesco vor sechzig Jahren verschwunden war.

Das Institut für Meeresbiologie in San Diego war eines der ältesten und größten Meeresforschungsinstitute der Welt und es lag nur zwei Stunden Busfahrt von Rocky Beach entfernt.

Peter ging zu einem Schaukasten vor dem Gebäude und las die Veranstaltungsankündigungen. »Verflixt, wir sind einen Tag zu früh. Die Konferenz der Meeresforscher beginnt erst morgen.«

Justus nickte wissend. »Und deswegen sind wir schon heute hier. Das hat alles seine Richtigkeit, Zweiter. Auf diese Weise erwischen wir Professor Doktor Aronnax hoffentlich in einer ruhigen Minute.«

Sie betraten das Gebäude und gingen zum Empfang, wo ein junger Herr sie über den Rand seiner Brille hinweg fragend ansah. »Was kann ich für euch tun?«

»Wir möchten gern zu Professor Aronnax. Er hat ein wichtiges Buch vergessen. Seine Schwester schickt uns.«

»Oh. Ich wusste gar nicht, dass der Professor eine Schwester hat. Er ist gerade im großen Auditorium. Da vorn die Treppe rauf und durch die große Tür.«

Justus bedankte sich.

Sie betraten den menschenleeren Hörsaal. Die Bühne war erleuchtet. Am Rednerpult stand ein alter Mann mit weißem Haar und buschigen weißen Augenbrauen. Er hatte einen Stapel Papiere in der Hand und übte seinen Vortrag. In der ersten Reihe saß ein Mitarbeiter mit einem Laptop auf dem Schoß und überwachte die Projektion der Grafiken, die während des Vortrags auf einer Leinwand gezeigt werden sollten.

»Das Meer und seine unendlichen Geheimnisse faszinierten mich schon als kleiner Junge«, sprach der Professor gerade in sein Mikro. Sein Akzent war kaum wahrnehmbar. »Stundenlang konnte ich mich mit meinem Globus beschäftigen und die Küstenlinien nachverfolgen.« Aronnax wandte sich an seinen Mitarbeiter. »Und an dieser Stelle dann die Folie 36 mit den alten Seekarten. Oh, wir haben Besuch.« Der Professor hatte die drei ??? bemerkt, die sich durch den langen Mittelgang dem Pult näherten. »Kann ich euch helfen, Gentlemen? Ich freue mich über junges Publikum, aber der Vortrag ist leider erst morgen.«

»Wir sind nicht wegen des Vortrags hier«, erklärte Justus. Er erklomm die Stufen zur Bühne und legte dem überraschten Professor das abgewetzte Exemplar von *20.000 de leghe sub mari* auf das Rednerpult. »Wir glauben, das hier gehört Ihnen.«

Ungläubig starrte Aronnax das Buch an, strich mit zitternden Fingern über den vergilbten Deckel und schaute irritiert in die Runde. »Woher –«

»Vielleicht können Sie ein paar Minuten für uns erübrigen«, schlug Justus vor.

Kurz darauf saßen sie in Aronnax' Büro. Mit seinen alten

Büchern und Messgeräten sah es aus wie die erwachsene Version von Alexandrus Kinderzimmer.

»Das ist also wirklich Ihr Buch?«, fragte Peter und betrachtete das zerfurchte Gesicht des Professors. »Sie sind Alexandru Kretzulesco?«

Der Professor zuckte zusammen, als hätte ihn jemand bei etwas Verbotenem ertappt. »Es ist schon eine Weile her, dass mich jemand so nannte«, sagte er irritiert. Dann betrachtete er das Buch und blätterte vorsichtig darin. Schließlich legte er es beiseite. »Wie habt ihr mich gefunden?«

»Niemand kann spurlos verschwinden.«

»Und doch ist es mir fast gelungen.«

Justus nickte. »Das Zimmer eines Jungen verrät viel über ihn. Die wissenschaftlichen Geräte, die Preise, all die Bücher über Ozeane – und dann waren da noch die Fähnchen auf dem Globus. Zunächst schienen sie nur willkürliche Küstenstädte zu markieren, aber eine genauere Recherche ergab, dass es in jeder dieser Städte ein berühmtes Ozeanografisches Institut gibt.«

»Wir brauchten ein paar Tage, um alle zu überprüfen«, fuhr Bob fort. »An keinem dieser Institute lehrte oder arbeitete ein Alexandru Kretzulesco.«

»Des Rätsels Lösung lag wortwörtlich direkt vor unserer Nase.« Justus deutete auf das Buch. »Ihre Schwester verriet uns, dass dies früher Ihr Lieblingsbuch war. Sie wollten sein wie der Erzähler der Geschichte, Pierre Aronnax. Wir fanden keinen Pierre, aber einen Xander Aronnax, Professor am Ozeanografischen Institut in San Diego und eine Koryphäe in der Filtration von Mikroplastik aus den Ozeanen.« Justus griff nach dem Buch und zog die Zeichnung der zylinderförmigen Apparatur heraus. »Diese Skizze hat mir lange Zeit Kopfzerbrechen bereitet. Bis ich herausfand, dass sie ein primitives Wasserfiltersystem darstellt.«

Als der Professor die Zeichnung zur Hand nahm, wurde er von seinen Gefühlen überwältigt. Tränen stiegen ihm in die Augen. »Jahrelang habe ich darauf gewartet, dass meine Vergangenheit mich einholt. Dass mich plötzlich jemand mit meinem echten Namen anspricht. Aber nie hätte ich damit gerechnet, dass es auf diese ungewöhnliche Weise geschieht.«

»Was genau ist denn damals passiert?«, fragte Peter.

»Ihr wisst, wie ich aufgewachsen bin. Ich wollte schon sehr

früh von zu Hause fliehen. Die Welt, in der mein Vater lebte, war einfach nicht die meine.«

»Und dann fanden Sie den Geheimgang«, vermutete Bob.

Der Professor nickte. »Ich war unzählige Nächte in diese verdammte Krypta eingesperrt. Kein Kind sollte für seine Träume bestraft werden. Als ich die Möglichkeit zur Flucht sah, ergriff ich sie.«

»Ihre Schwester glaubte fest daran, dass Sie geflohen waren«, sagte Peter. »Sie hat überall nach Ihnen gesucht. Warum haben Sie sich nie bei ihr gemeldet?«

Der Blick des Professors wurde wehmütig. »Es verging kein Tag, an dem ich mich das nicht gefragt habe. Zunächst war es die Angst davor, dass mein Vater mir auf die Spur kommen könnte. Oder dass ich meine Schwester in Schwierigkeiten bringen würde, wenn sie vor ihm ein Geheimnis bewahren müsste. Später dann fürchtete ich mich davor, dass sie vielleicht nichts mehr von mir wissen will, nachdem ich mich so lange tot gestellt hatte.«

»Ihre Schwester möchte von Ihnen wissen, ganz bestimmt«, beteuerte Peter. »Die Gräfin würde sich unendlich freuen, von Ihnen zu hören.«

Der Professor nickte dankbar.

»Und was ist mit Vlads Schatz?«, fragte Justus unvermittelt.

Bob sah ihn fragend an. »Aber es gibt doch keinen Schatz. Das wissen wir ja wohl inzwischen.«

Justus lächelte wissend. »Natürlich kann niemand einen Schatz finden, der bereits gefunden wurde.«

Alexandru Kretzulesco schmunzelte. »Ihr seid wirklich clevere Jungs, das muss ich schon sagen. Ja, ich fand den Rubin. Er befand sich in Elisabetas Grab.«

»Es gibt ihn also doch?«, staunte Bob.

»Und Sie haben ihn ausgegraben?«, fragte Peter.

Der Professor nickte und schien, für einen kurzen Moment in Gedanken an die damalige Zeit zu versinken.

»Ich verstehe«, hakte der dritte Detektiv nach. »Sie nahmen den Rubin mit und konnten sich auf diese Weise die Flucht und Ihr neues Leben finanzieren.«

»Nein. Ich fand zwar den Rubin, und ich war versucht, ihn mitzunehmen, aber am Ende ließ ich ihn zurück. Ich wollte mir meine Freiheit nicht mit etwas erkaufen, das ich verachtete.«

»Aber wo ist er dann die ganze Zeit gewesen?«, wollte Peter wissen.

Ein verschmitztes Grinsen huschte über das Gesicht des Professors. »Das erzähle ich euch vielleicht später. Nach all euren Fragen habe ich nämlich eine Frage an euch. Ich habe begriffen, dass ihr wegen irgendwelcher Dreharbeiten auf Schloss Piatră wart. Ich habe auch verstanden, wie ihr meinem Geheimnis auf die Spur gekommen seid. Aber eine Frage bleibt offen: Wieso habt ihr euch so sehr dafür interessiert? Warum habt ihr angefangen, Fragen zu stellen? Oder einfacher gesagt: Wer seid ihr drei überhaupt?«

Die drei Detektive warfen einander stolze Blicke zu. Justus griff in seine Tasche und holte eine Visitenkarte hervor. »Wir sind die drei ???.«

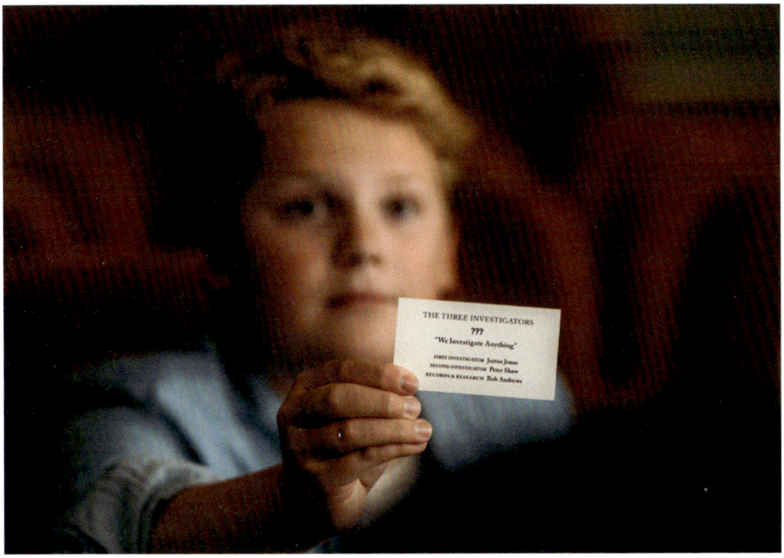

Wenige Wochen später winkte Tante Mathilda die drei ??? zu sich, als sie gerade von einer Einkaufstour mit Onkel Titus zurückkehrten. Justus' Tante saß im Bürohäuschen und tippte Zahlen in eine alte Rechenmaschine. Auf dem Schreibtisch stand seit Neuestem eine gerahmte Autogrammkarte von Steven Yates. *Für Mathilda.*

»Post für euch«, sagte sie, als die Jungen das Büro betraten.

Justus erkannte schon von Weitem die rumänischen Briefmarken auf dem Umschlag und wollte ihn sofort an sich nehmen, aber in letzter Sekunde zog Tante Mathilda ihn weg. »Wenn ihr abgeladen habt.«

»Aber –« Justus verstummte. In solchen Situationen hatte es gar keinen Zweck, mit Tante Mathilda zu diskutieren.

So schnell wie an diesem Tag hatten sie die Einkäufe noch

nie von der Ladefläche des Pick-ups gewuchtet und auf dem Schrottplatz verteilt. Staubverschmiert und außer Atem kehrten sie ins Büro zurück und endlich überreichte Justus' Tante ihnen den Umschlag. Justus, Bob und Peter öffneten ihn gemeinsam in der Zentrale.

In dem Kuvert befand sich lediglich ein Foto.

»Da steht etwas auf der Rückseite«, bemerkte Peter.

»*Liebe drei Detektive*«, las Bob vor. »*Es ist nicht der Schatz in unseren Händen, der uns so glücklich macht. Danke für alles. Gräfin Codrina Ekaterina Kretzulesco und Graf Alexandru Damian Kretzulesco alias Xander Aronnax.*«

Sie schauten sich das Foto an. Es zeigte Alexandru und die Gräfin Seite an Seite. Beide strahlten glücklich in die Kamera. Sie standen neben dem Brunnen im Garten von Schloss Piatră.

Die Holzabdeckung war vom Brunnen entfernt worden. Auf dem steinernen Rand lag der selbst gebaute Wasserfilter, den Alexandru als Junge entworfen hatte. Der Deckel des Filters war abmontiert worden. Zwischen Daumen und Zeigefinger hielt Alexandru das, was sich in dem Behältnis befunden hatte, in die Kamera.

Der Rubin fing das Sonnenlicht ein und strahlte und funkelte so stark, als wollte er daran erinnern, dass er nicht dafür bestimmt war, in die Dunkelheit gesperrt zu werden. Er gehörte ans Licht.